勇者な嫁と、村人な俺。
～俺のことが好きすぎる最強嫁と宿屋を経営しながら気ままに世界中を旅する話～
1

Nenofiller
ネノフィラー
Leonid
レオニード

キャラクター紹介

Character introduction

MY BRAVE WIFE AND ME, A VILLAGER

色とりどりの魔法が、
その場を鮮やかに彩る。
——幻想的な風景がそこに広がっていた。

Contents

勇者な嫁と、村人な俺。

～俺のことが好きすぎる最強嫁と宿屋を経営しながら気ままに世界中を旅する話～

プロローグ

— Prologue —

俺の『勇者』（嫁）が『魔王』退治を終えたらしい

『魔王』とは時折この世界に現れる災厄を指す。

『魔王』が出現する頻度は決まっておらず、今回は前回の『魔王』が現れてから百年ほど経過して『魔王』が出現した。

さて、今代の『勇者』ネノフィラーは、まだ十六歳の少女である。

雪を思わせる真っ白な髪と、黄金にきらめく瞳を持つ美しい少女だ。その剣技と魔法の腕前は他を突き放している。

『勇者』という言葉がよく似合う美しき、最強。

ネノフィラーは元々、ただの村人である。この国の辺境の地に住まう村人。しかし、十六歳の誕生日に聖痕が現れ、『勇者』に選ばれた。

『勇者』として選ばれたネノフィラーは王都へと迎えられ、『魔王』退治にふさわしいパーティーメンバーが選出され、たった五人で『魔王』退治の旅に出た。

『勇者』ネノフィラー。

第二王子であり、剣術と魔法共に優れているテディ・アリデンベリ。

最強の騎士と名高い若き騎士団長ドゥラ・カラスコ。

魔の申し子と言われる魔法使いジュデオン・ラヤーム。

聖魔法の使い手である神官ボリス。

『勇者』のみが女性で、後は男性であった。

美しくも強い『勇者』ネノフィラーに、四人は夢中であった。

口数は少ないが、気遣いが出来、優しくも強い『勇者』ネノフィラー。

彼女の気を引こうと、四人はあらゆる手を使ったものだが、『勇者』のネノフィラーは彼らに興味がないという噂《うわさ》である。

『魔王』退治をたった半年で終えた最強の『勇者』パーティー。

世間では、王都へと戻った後に誰が『勇者』の心を射止めるのか、という話で盛り上がっているらしい。

が、『勇者』の生まれ育った村ではそんな噂は一笑に付されていた。

それもそのはずである。

『勇者』ネノフィラーが、『勇者』パーティーのメンバーと結婚しないことを彼らは知っている。

俺——レオニードもネノフィラーが『勇者』パーティーの誰とも結婚しないことを知っている。

というより、『勇者』ネノフィラーが誰の嫁であるのか知っている。

「レオ、ネノは『魔王』退治終えたなら帰ってくるんだな」

「奥さんが半年も『魔王』退治に行くとか災難だったなー」

「あのネノが他の奴《やつ》と結婚するはずねーよな」

同じ村の連中は『勇者』が『魔王』退治を終えたということを聞いて、口々に俺に向かってそう声をかけてくる。

そう――、『勇者』ネノフィラーは俺の嫁である。

＊

「レオ、私、これ持っていく」

「レオ様ー！　注文これだって！」

厨房《ちゅうぼう》に立つ俺、レオニードに奥さんであるネノと、弟分であるメルが告げる。

俺達は宿を経営している。ただの宿ではなく、移動式の宿である。俺達は宿を始めて以来、様々な場所に赴いている。

有難いことに開店以来、お客さんは途切れない。

時折、人が全くいない場所で宿を開いていたりもするけれど、人が多いところで沢山売上があるので今のところ経営は問題ない。

基本的に料理は俺が担当していて、接客はネノとメルが行っている。とはいえ、何かあった時は役割を交代することもあるが。

一気に注文が入ると一人で料理を作るのは大変だけど、俺の料理を美味《おい》しいと言ってもらえると嬉《うれ》しくなる。

「此処《ここ》が勇者様の経営している宿ですか!?」

慌ただしく、宿に駆け込んでくる人影がある。どうやら冒険者らしきその男の声に、ネノが不愉快そうに目を細める。

「なに？　周りに迷惑かける。煩《うるさ》いの駄目」

ネノの言葉にその男は反応する。

「勇者ネノフィラー様！　俺と手合わせを――」

「メル、代わりにやってきて。私、仕事中」

男の言葉を遮って、ネノはそう告げる。その言葉にメルは「分かった。行ってくるね、ネノ様」と元気よく答える。

愛らしい見た目のメルが相手にすると意気込んでいるのを見て、文句を言おうとした冒険者はネノに襟首を掴《つか》まれて引きずられていった。

こうやって勇者であるネノに力試しをしてくる冒険者がいるのもよくあることだ。

魔王を倒した勇者が宿を経営していると聞くと、人がよく集まってくるものである。

――そもそも俺とネノの夫婦が何故《なぜ》、宿を経営しているかと言えば、話は少し前まで遡《さかのぼ》る。

第一章

— Chapter 1 —

『勇者』の帰還

勇者ネノフィラーは俺、レオニードの幼馴染《おさななじみ》である。

生まれた時から共に育ち、十五歳の時に婚姻を結んだ。とはいえ、平民である俺達に姓なんてものはなく、ただ教会で婚姻の誓いをして共に暮らし始めたというだけである。

お金が貯《た》まったので新居に引っ越そうと考えていた矢先に、ネノに勇者の聖痕が現れた。

魔王が出現したこと、勇者が選ばれるであろうこと——それは周知の事実であったが、まさか幼馴染であり、俺の奥さんになったネノに勇者の聖痕が現れるなどと思っていなかった。

でも確かに、ネノは昔からただの村人でありながら強かった。そんなネノに俺は置いていかれたくなかった。技能がスキルとして目に見える形で現れ、それを磨くことによって自身を高めることが出来るからこそ、俺は必死にスキルを磨いた。

それもあってネノは俺と結婚してくれた。正直、ネノが結婚してくれた時、嬉《うれ》しかった。ずっと好きだった初恋の女の子だったから。

そんなネノが勇者に選ばれた時、俺もネノも戸惑った。

だけど、ネノは真面目で、勇者として選ばれたからには魔王を倒さなければと考えていた。結婚してまだ間もないのに魔王退治に出かけるなんて躊躇《ためら》いも見せていたが、俺が背中を押して魔王退治に行くように言った。

ネノのことを昔から見ていた身としては、ネノが負ける未来が見えなかったし、すぐに魔王を倒すだろうと確信していた。それに魔王退治に行ったからといって俺達の関係が変わるわけでもないし、やらなければならないことならばさっさと終わらせた方が良いと思ってもいた。

新居探しは魔王退治が終わってからにしようと言った俺の言葉にネノは頷《うなず》いて、「すぐ、終わらせる」とやる気に満ちていた。

そんなネノが魔王退治に出かけたのが、つい半年前。そして半年後の今、もう魔王を退治し終えたという話だった。そんなわけで俺は村でネノの帰宅を待っていた。

「それにしてもネノちゃん、半年で魔王退治終えるなんてさすがだな」

「ネノだからな」

同じ村の人間はネノがどれだけ強いのか、というのを身をもって知っている。小さな村だからこそ、皆が家族のような深い付き合いをしてきた。

世間では勇者が魔王を本当に倒せるのだろうか、などといった不安に包まれていたそうだが、この村では一切心配されていなかった。

皆、幼い頃からネノを知っているので、ネノが魔王に負けるということはこの村では想像さえもしていなかったのだ。魔王退治のメンバーがネノの他に四人ほどいたが、正直ネノ一人でも魔王退治ぐらい終わらせられたのではないかと思っている。

時折、ネノから送られてきていた手紙には順調に魔王退治が進んでいることが書かれていた。ちなみにパーティーメンバーについては特に書かれていなかったので、噂《うわさ》ではネノに四人とも夢中らしいがネノは欠片《かけら》も興味がないのだろう。

ネノが他の男に心変わりする可能性は考えていなかった。惚気《のろけ》になるが、ネノは俺にべたぼれである。俺もネノ以外はいらないと思っていて、俺と同じ想《おも》いのネノが少し離れたからといって他に心変わりをするなどと思えなかった。

一先《ひとま》ず、ネノが村に帰ってきたら先延ばしにしていた新居探しをしようと思っている。しばらくこの村でゆっくりしてからでもいい。そう考えながらネノの部屋の掃除をする。半年間主《あるじ》のいない部屋だが、ずっと綺麗《きれい》にしていたので特に散らかってはいない。でも折角《せっかく》ネノが帰ってくるのだからしっかり掃除しておきたかった。あとは、ネノの好物を準備しておこう。

掃除が終わった後に、村の裏にある山に入り、その山に住みついているドラゴンから尻尾《しっぽ》の肉をもらった。やりすぎると尻尾がなくなるからやめてほしいと懇願されているため自重はしているが、今回はネノの帰還のお祝いだからと多めにもらった。そのドラゴンは涙目だったが、放置である。

それと山の中で何種類もの食材を採取する。

この山は魔物が多く生息していて、魔力が満ちている。それもあってかそれなりに危険だが、その分貴重な食材が多くある。この山は俺やネノにとって庭のような場所だ。

村へと戻って、山で採取したものの中で特にいらないものを商人に売っていく。それだけでも結構な収入になる。

俺やネノにとっては庭のような山だが、他の皆にとっては簡単に入れるような場所ではないらしいのだ。

それから家に戻って、食事の準備をしておく。

今日帰宅するかどうかは五分五分だ。勇者が魔王を退治した日から王都に戻って、それからこの村までどのくらいかかるか計算すると大体今日ぐらいには帰ってくるのではないかと予想していた。もし今日帰ってこなかったとしても、《時空魔法》を使って保存すれば問題ないので先に準備しておく。

半年も会っていないので、早くネノに会いたい。そう思いながら準備をして待つ。しかし、その日はネノが帰ってこなかったので、食事は保存した。ドラゴンの尻尾肉も、連日もらうのもなと思ったので同様に保存する。

そしてその日は、二人用の大きなベッドで一人、眠りについた。

その次の朝、俺は体の上に何かが乗っていることに気づいた。

目を開けると、ネノがいた。俺の上で眠りについているネノ。

……通常であれば、誰かが来たら気づくのだが、おそらくネノが眠っている俺を気づかって気配を消して帰ってきたのだろう。起きている状態でおかえり、と出迎えたかったのにと思いながらもネノをまじまじと見る。

安心したような表情で俺の上に乗って眠っているネノは相変わらず可愛《かわい》い。

ネノの頭を撫《な》でる。ネノの目が開いた。

そして俺の顔を見て、嬉しそうに言う。

「ただいま……レオ」

「おかえり、ネノ」

俺の言葉にネノは笑みを溢《こぼ》した。

*

「……美味《おい》しい」

目の前でネノは美味しそうにドラゴンステーキ丼を食べている。

ドラゴンの尻尾肉を炙《あぶ》って、特製のタレをつけたもの。また一緒に山で採れた山菜を添えている。

米という食べ物はこのあたりでは生産されてないものだが、商人に勧められて食べたら美味しかったため時々仕入れている。

《料理》スキルの技能の高い俺が手がけたこともあって、我ながら美味しく出来ていると思う。

ネノはご飯を食べることが好きだ。自分で作るのも好きだが、俺の作った料理を嬉しそうに食べているのを見ると、俺も嬉しくなった。

それにしても、半年ぶりにネノがこの家にいて、食事をしている。それだけで何だかいいなぁと思ってならない。今まで当たり前のように俺のすぐ傍《そば》にいたネノ。魔王退治に出発して、半年も離れていた。こんなに長い時間離れたのは初めてだった。

「レオ……食べないの？」

あまりにもじーっとネノのことを見すぎて、食事をする手が止まっていたようでネノにそんなことを言われた。ああ、可愛い。

こちらを見るネノにそんな感想しか出てこない。

「久しぶりのネノだから、見たくなっただけ」

「……そう」

勇者として活躍するネノの噂は散々聞いていた。

ネノは口数が少なく、淡々と勇者としての責務をこなしている姿がクールだと噂されていた。表情をあまり変えることもなく、ネノの整った顔立ちも相まって余計にクールな美少女として知られていたらしい。でも今、目の前にいるネノは表情豊かだ。

ネノが俺の前では表情豊かであることも、俺は嬉しい。

飽きもせずじーっとネノを見ていたら、ネノも食事の手を止めて俺のことを見始めた。

「ネノ？」

「私も、久しぶりだから、レオを見てる」

二人して互いにただ見ている。しばらく二人で見つめ合った後に、食事を再開する。こうやって何気ない一日の始まりが久しぶりで俺は嬉しかった。

食事を終えた後、二人で村の中をぶらぶら歩く。

「あれ、ネノ、帰ってきてたのか」

村の人達は俺達を見て、そう声をかけてくる。勇者が村に帰還したのだが、村は平常運転だ。ただ長く村を離れていた存在が戻ってきたという認識でしかない。

ネノの両親も俺の両親も既に亡くなっているのもあって、ネノが帰ってくる場所は俺とネノの家だけで、ネノが帰ってくるというのは村の連中にとっても俺にとっても当然の事実だった。

こうしてネノと手を繋《つな》いで、村の中を歩くのも半年ぶりだ。

村の皆にネノが帰ってきたことを報告する。

「レオ、ネノ、今後どうするんだ？　お前達、この村を出ていくってネノが勇者として決まる前に言っていただろう？」

「出る予定。元々ネノが勇者になったから先延ばしにしただけだからな。なぁ、ネノ」

「私は……レオが行きたい所に何処《どこ》でもついていく」

ネノは躊躇いもせずにそう言ってくれる。そんなネノは本当に可愛くて、思わずネノの頭を撫でた。

「そうなると寂しくなるな……」

「まぁ、俺もネノも時々此処《ここ》には帰ってくるけどな」

「それで何処に行く気なんだ？」

「まだ、決めてない。ネノとのんびり色んな街を巡りながら決めようかなと思っているんだ」

何処に行こうか、というのは決めていない。

気に入った街があったらそこに居を構えようかと考えているのだ。ネノがいれば俺も何処でもいいと思っている。

俺とネノの二人でなら何処にでも行けるだろうし。

それから色々な人に挨拶をしながら家までの道を歩く。

「ネノはどういう所に行きたい？」

「何処でもいい」

「何か希望とかあるか？」

「レオがいればいい」

「じゃあとりあえず、しばらくゆっくりしてから村を出るか」

「うん」

行きたい街も俺が決めていいみたいだから行きたい場所をピックアップして考えておこう。

「そういえば、ネノ、勇者パーティーのメンバーから迫られてたんだよな」

「うん。なんか言ってた」

「ちゃんと断ってくれてありがとう、ネノ」

「私、レオの奥さん。断るの当然でしょ」

心配はしていなかったけれども、改めてありがとうと口にしたらネノが笑った。

ネノが笑ってくれて、俺の隣にいてくれることがただ嬉しかった。勇者パーティーのメンバーがネノのことを諦めているかどうかは分からない。まぁ、どちらでも別に問題はないけれど。

「レオも、誰も寄ってこなかった？」

「こんな村にはよそから誰も来ないし、ネノ以外興味ないから」

「なら、良かった」

「俺がネノ以外に興味持つわけないだろ？」

「……うん！」

ネノは嬉しそうに微笑《ほほえ》んだ。

それから家に戻って、今後の予定の話をした。

「ネノ、予定通り村は出るとして先にあいつに会いに行くか？」

「うん」

俺とネノは成人の年齢になったら、村を出て外の世界をもっと見て回りたいと思っていた。二人でならきっと何処にでも行けると知っているから。——ネノとさっさと結婚をしたのは、俺がネノを早く自分のものにしたかったっていうただの独占欲と、外に出たら可愛いネノに好意を向ける異性が増えるだろうと分かっていたから。

それで何をしてお金を稼ごうかと考えたのだが、俺もネノも料理が好きなので食堂や宿屋などを経営してみようと思っているのだ。

そのための資金は村にやってくる商人に対して山で採れる貴重なものなどを売って貯めてきた。

正直、ネノが勇者に選ばれて魔王退治に出かけることになったのは完全に予想外だったけれど、魔王退治をしたことによって国からの報酬も出ている。その資金も合わせればお店を出すことも出来るだろう。

村を出る前に、とりあえず友人のドラゴンに会いに行くために、ネノと一緒に山に入る。

ネノが勇者になるまではいつも入っていた俺とネノの庭。俺達は此処で、魔法の練習をしたり、剣技を磨いたり、魔物を退治したりをずっとしていた。

この山は標高がそれなりに高くて、上に登れば登るほど魔物が強くなっていく。

「レオと一緒……楽しい」

「ああ」

足を動かして共に森を駆ける。たまに魔物を狩って、自由に山を散策しながらそんな会話を交わす。

今だから分かるけれど、ネノは勇者としての素質を持ち合わせているからこそ、学んだことをどんどん吸収していった。俺とネノは、最初は村で魔法を使える村人から魔法を学んだり、兵士から剣術を学んだりしていた。ネノは昔から学ぶことが好きだった。出来なかったことが出来るようになると、ネノは満足げに笑っていた。

俺もネノに置いていかれたくなくて、必死に頑張った。

子供の頃にネノが「魔物を狩りたい」と言い出した時、まだ幼かった俺は怖くて仕方がなかった。でも、ネノは俺が止めても一人で狩る気満々だった。勇者の聖痕は発現していなかったものの、ネノはその当時から強かった。ネノが一人で山に行っても問題ないことは分かっていた。けれど、一人で行かせたくなかったから、無理をしてでもネノについていった。

その頃のネノは……俺のことを、好きでもなかったんだと思う。俺がついていくと言った時には勝手にすればって態度だったし。まぁ、俺はネノのことをその頃から好きだったからついていったんだけど。

懐かしいなと笑みが溢れた。俺にとってネノとの思い出は全部大切なものなのだ。

「レオ、どうしたの？」

「ネノと初めて山に入った時のことを思い出していただけ」

「ああ……そうなの」

「うん。あの頃のネノ、俺にそこまで興味なかったなって」

「……ああ、うん。でも、今は大好き」

上目遣いでこちらを見てくるネノが可愛い。ネノが傍にいてくれて、こうして山の中で前のようにネノと共に過ごせることに幸せを感じている。

ネノと一緒に山菜を集めたり、果物を採ったりする。途中途中で見かけた魔物を討伐したりしながら、山の頂上に向かっていく。

「お肉、美味しかったって言う」

俺がネノの帰還のためにと尻尾肉をもらったドラゴンが山頂付近に住んでいる。

俺とネノが初めて山頂に行った際に出会ったそいつは、ネノにこっぴどく負けてからというもの、絶対服従になっている存在である。ちなみに、俺は初めてドラゴンに遭遇した時、死にかけた。ネノがいなかったら俺はその時、死んでいたと思う。

まぁ、悔しくてその後、必死になって頑張った結果、そのドラゴンには勝てるようになったんだけど。

「ドラ吉……元気？」

「ああ、元気だったぞ」

そのドラゴン、もといドラ吉に、ネノは尻尾肉が美味しかったということを伝えに行くつもりなのだ。

まぁ、ドラ吉は俺達にいつか殺されるのではないかと、はらはらしているみたいだけど、俺達からしてみればもう一人……いや、もう一匹の幼馴染みたいなものだから殺す気なんて全くない。美味しいのは事実だけど。

山頂を目指しながら、二人で足を進める。途中休憩は寝る時以外は挟まなかった。山頂までさすがに一日では着かないので、数日かけて登る。もう少し無理したらすぐに着くけれど、今回は久しぶりに二人で山に入るのだからゆっくりドラ吉の所へ向かおうという話になっていたのだ。

夕食は《時空魔法》で作った《アイテムボックス》の中に入れていた調理器具を取り出して作った。この山の中で手に入った山菜と手持ちの香辛料を使った、少し辛味の利いたスープだ。

食事をとった後は、魔物除《よ》けの魔法具を使って寝床を確保する。魔物除けの魔法具は俺とネノで昔作ったものだ。時々手入れをしているので、まだ使えている。

それに加えて、人が入ってきたらすぐに分かるように障壁も張っておく。

俺の《アイテムボックス》から寝床として小屋を出すことも出来るけれど、俺もネノも昔のように過ごしたい気分だったので、外で星を見ながら、寝袋で寝ることにした。

何日かそんな風に過ごしながら山頂に向かう。それまでに倒した魔物は血抜きして《アイテムボックス》に入れる。《アイテムボックス》は、中で分類分けが出来るようにきちんと改良してあるので問題はない。

山頂に近づけば近づくほどドラ吉のことを恐れてか、魔物の数は減っていく。

そんなことを考えていれば、ドラ吉の姿が見えた。

それは六メートルを超える巨体で、美しい透き通るような透明度のある体を持ったドラゴンだ。

「――ドラ吉」

ネノは可愛がっているドラゴンの所へ駆け寄る。

ドラ吉の大きな体にネノが魔法を放った。ドラ吉はそれを避けるようにばっと飛び上がる。

『はわわああああ、ちょちょちょ、いきなりはやめて。というか、レオ様、止めて、止めて!!』

ドラ吉からそんな思念が聞こえてきたが、ネノが楽しそうにしているので俺は止めない。ドラ吉にとっては涙目になることかもしれないけれど、ネノにとってはドラ吉との遊びなのだから。

それからネノが満足するまで、ドラ吉は遊ばれていた。

『きゅう……』

ドラ吉はしばらくネノの魔法を必死に避けて、ネノが満足するとそれは終わった。

ドラ吉はおしりを地面につけて座り込んでいる。

「ドラ吉……元気そう、良かった」

『う、うん。ネノ様も元気そうで何よりだよ。でも、急に魔法放つのやめようね。僕は死にはしないけど、びっくりするから』

ドラ吉はそんなことを口にして、ネノをじっと見た。

ドラ吉はネノに少しは怯《おび》えているけれども、それでもネノのことを嫌っているわけではない。本当に俺達のことが嫌いだったらさっさと山から出ていってるだろう。

「大丈夫、ドラ吉、このくらいじゃ死なない」

『いや、そうだけど!!』

「そうだ。お肉、美味しかった。……ありがとう」

ネノがお礼を言えば、ドラ吉も答える。

『……それは何よりだよ。それにしてもレオ様はネノ様がいない時の五割増しで機嫌いいね』

「当然」

ネノがいれば正直どんな所でも機嫌がいいのは当然だ。ネノが傍にいてくれたらどんな状況でも俺はきっと幸せだと思う。俺の幸せの最低条件はネノが傍にいるかどうかなのだ。

ネノがいないと世界の色が変わるような気分になった。浮気は心配していなかったけれど、ネノがいないことが寂しかった。でも半年離れて、ネノのことを大切に思う気持ちをより一層自覚した。

「ふふ……私も……レオがいなかったから不機嫌になってた」

「ネノ……」

『……あのさ、隙あらばいちゃつこうとするのやめようよ』

むくれた様子のドラ吉を見て思わず笑ってしまう。そんなドラ吉に俺は言う。

「ああ、そうだ。俺達はもうしばらくしたら村を出るから」

『え。……あ、でもそっか。元々ネノ様が勇者に選ばれなければさっさと出ていくって言っていたもんね』

何だか少しだけしゅんとしたドラ吉。

「……うん。他の所行くの。レオと一緒なら何処でも嬉しい」

『だろうね。……でもそっか』

ドラ吉は神妙な顔をして頷いている。ふと、ネノが言った。

「……ドラ吉も、一緒、行く？」

『え』

「ドラ吉、いた方が私、嬉しい。ドラ吉、小さくなったり、人化出来るでしょ？」

このドラゴンが小型化したり人化した姿は見たことがないけれど、出来るとは昔言っていた気がする。魔力の扱いが上手《うま》く、そういうことが出来るらしい。

『で、出来るけど』

「ね、レオも……別にいいでしょ？」

「俺はネノがいいなら別にいいけど。定期的にドラゴンの肉が手に入るし」

『……ああ、うん。尻尾肉はすぐ伸びるからいいけどさ』

ドラ吉は諦め顔で言った。

「ドラ吉、一緒、行く？」

『えぇっと……そ、そうだな。行こうかな……二人がいないの、寂しいし』

　ボソッと言った言葉はしっかりネノと俺の耳に届いていた。いつ殺されるのだろうかと少しびくびくしているところもあるドラ吉だけど、なんだかんだで俺達のことを好いていると思う。

「嬉しい」

『えぇっとさ、ネノ様さ……人里行くならさすがに僕野放しだと、駄目じゃない？』

「ん？　何が」

『いや、あのさ。僕、母様に聞いたことがあるんだけど、人里に行くなら何か契約したほうが良いらしいよ？　野放しのドラゴンとか人里には入れられないからって』

　そういえば、俺達がドラ吉と仲良くなった時に村長がそんなことを言っていたっけ。

　ドラゴンを含む魔物と共にあろうとする場合は、人と魔物は契約を交わす。その契約を結んだ魔物は街にも連れ込めるとか。

　まぁ、俺もネノもドラ吉が人を害さないことは知っているけれども、他の人からしてみれば野放しにされているようなものだしな。小型化していようが人を簡単に殺せる存在が街に来たら警戒もするだろう。そう考えると確かにその契約とやらをした方がいいのだろうか。

　でも、それだとドラ吉のことを縛ってしまうことになる。正直、そういうのはあまり好きじゃない。

ネノもそういう気持ちなのか、微妙な顔をしている。

「んー、ドラ吉、一緒がいいけど、契約とか縛るのやだ」

「だよなぁ。諦めるか？」

『え』

「……うん。そう。私は、嫌」

「だよなぁ。じゃあ、残念だけどドラ吉、また来るから」

『え、ちょ、待って！』

「……どうしたの」

「……どうした？」

『もう、どうしたのじゃないから！　というか、僕から言ってるんだよ？　僕から契約の話を出してるんだよ？』

「「ん？」」

二人して、慌てて声をあげるドラ吉の方を見る。

じっと見つめればドラ吉は呆《あき》れたように言う。

『あのね、ん？　じゃないから！　僕から話してるんだよ。僕が契約してあげてもいいって言ってるってことだからね!?　気づこうよ。なんで変なところで察しが悪いの』

「そうなの？」

「そうなのか？」

『そうだよ！　だからね、縛るとか気にしなくていいから!!』

「そう？」

「なら結ぶか？」

『だから、結んでもいいって言ってるじゃん』

「片方だけ？」

「両方出来ないのか？」

『多分、出来るから！　いいから早くやろうよー』

「そんなに、ついてきたいの？　嬉しい」

「ふぅん、えっと、どうやるんだっけ」

『ああ！　もう、僕が母様に習ってるから続けて！』

　なんだっけ、確か、村長が言うには名前を持っているような魔物だとその名前を教えてもらってから契約を結ぶんだったか。名前がない魔物だとまた違うらしいけど。ドラ吉は知能があるし、名前があるはず。

『僕、メルセディス・ドラゴアージはネノフィラーとレオニードと契約を結ぶことを此処に誓う』

　このドラゴン、家名があったのか。ドラゴンの中でも家名ありとなしがあるんだろうか。ドラゴン社会は正直よく分からない。

「私、ネノフィラーはドラ吉……」

『そこは本名言ってね!!』

「メルセディス・ドラゴアージと契約を結ぶことを此処に誓う」

「俺、レオニードはメルセディス・ドラゴアージと契約を結ぶことを此処に誓う」

と、そこまで宣誓したら何だか俺とネノとドラ吉——本名メルセディスか——の魔力が絡み合っていくのが分かる。

『我ら、対等の絆《きずな》を結び、共に歩むことを誓う』

「「我ら、対等の絆を結び、共に歩むことを誓う」」

ドラ吉に続いて誓約魔法を口にすれば、俺達三人の間で完全に魔力が結ばれた。

不思議な気分だ。魔物と契約を結ぶのは初めてだし、変な感覚がする。

それから小型化したドラ吉——メルを連れて村に戻った。

＊

戻ったら、村の中が少しだけ騒がしかった。

「どうしたんだろ」

「……騒がしいな、何かあったのかな」

『ネノ様関連じゃないの？　ネノ様、仮にも勇者なんだし』

俺とネノが村の騒がしさに疑問を感じていると、メルがそんなことを言う。ちなみにメルは俺とネノの近くで翼を広げてパタパタと飛んでいる。

メルの言葉に俺は確かにと思った。

勇者であるネノ関係でなければこの村が騒がしくなることはないだろう。

俺達が戻ったことに気づいた村長がこちらに声をかけてくる。

「おお、ネノ、レオ、戻ったか。お、そいつはもしかして山に住んでいるというドラゴンか？　ようやく連れて帰ってきたのだな」

村長や他の村人達は俺達がメルを連れ帰ったことに対して、寧《むし》ろようやくかという雰囲気を出している。ただ、村が騒がしい原因である来訪者は、メルのことを見て大きな声をあげていた。

「なななな、ドラゴンですと!!」

「さすがは、勇者様です!!」

声をあげている者達は、鎧《よろい》を着ていた。白銀に輝く鎧は、質がよさそうだ。また腰には長剣が下げられている。

「勇者様」とネノのことを呼んで、駆け寄ってくる。と、同時にすぐ傍にいる俺のことを怪訝《けげん》そうに見てくる。

面倒そう、というのが俺の正直な感想だった。

「ん？　何それ、ドラ吉のことは、私とレオ、両方。私だけじゃない」

『あのさぁ、ネノ様？　僕の真名知ったでしょ？　いい加減、ドラ吉はやめよう？』

「じゃ、メル」

『うんうん、それでいいよ』

ネノとメルがそんな会話を交わしている。その会話に加わろうとしていると、騎士が声をあげた。

「レオ？　その男のことですか？」

「勇者様！　魔王退治を終えてすぐに帰られてしまったので皆心配していたのですよ!?」

「ん？　私、陛下と約束した。魔王退治したらすぐ帰るって。あとレオは私の旦那さん」

ネノは勇者として魔王を退治すると決まった時に、国の一番偉い人間——要するに王様といくつもの約束をしている。そしてその約束はネノの希望により、国内に広まっている。加えて神官長の誓約魔法まで使って、王様が約束を破らないように徹底していた。

　それはネノが勇者の聖痕を持つとはいえ、庶民だからだ。王侯貴族に命令された場合、それを拒否するのは色々と面倒だ。拒否するのならば最悪この国にはいられなくなるだろうし、不敬罪に問われる可能性も高い。まぁ、俺とネノなら、彼らが嫌な命令をしてきたら国外に出るか、それとも誰も住んでないような所にひきこもって生活するとか出来るけどさ。でも、面倒だからネノは事前にそういうことへの対処をしていた。

　その約束の一つとして魔王退治を終えたらすぐに俺のもとへ戻るということもネノは約束してい

たのだ。ネノ、頭の回転が早くてそういうのもさっさと対処しているのだ。さすが、俺のネノ。

それにしても、俺のことを「私の旦那さん」と言ってえへへと笑っているネノ、本当に可愛い。

「は？　旦那？」

「うん」

「は!?　勇者様、ご結婚されたのですか!?」

「いや、結婚は、もうしてた。勇者になる前から。セゴレーヌ姫は知ってる」

「え!?　テディ様は御存じなのですか、それ？」

「言った。でも、信じてくれなかった。だから、放置」

セゴレーヌ・アリデンベリは、この国の第一王女である。ネノと一緒に魔王退治に出かけていたテディ・アリデンベリの姉にあたる人物だ。ネノの手紙にも時々出てきていた。それを見るに、王女様はネノにとって親しい人物に分類されているのだと思う。

ちなみに第二王子に関してはネノが結婚していると言っても、「断る口実だろう」と全然信じなかったらしい。

「そ、そうなのですか……」

「それにしても、勇者様の夫が……言ってはなんですが、普通の方ですか」

『何ほざいてんの!?　レオ様が普通なわけないじゃん!!』

メルが何か叫び出した。

『レオ様を馬鹿にするなよ！　普通の人が僕の尻尾を料理出来るわけないからね!?　しかも初対面の時は僕にビビってたのにどんどん強くなってるし！　この夫婦おかしいんだから、普通なわけないから!!　そもそも普通の人と、僕が契約するわけないじゃん！』

おかしいとか、失礼な奴《やつ》だな。そう思っていたら、ネノも加わる。

「うん。メル、よく言った。レオは、凄《すご》い。レオは、かっこいい。……私にとって世界一」

「ネノ、俺もネノが一番可愛いって思ってる！」

「ふふ」

可愛らしく笑うネノは本当に可愛い。可愛くてネノと見つめ合って、笑い合ってしまう。

『もう、ネノ様に求愛している雄がいるみたいだけど、無理だから！　あの二人、凄いバカップルなんだから！　大体、無理やり引き離したりなんかしたら僕も暴れるからね!?』

メルはネノが王様と約束をしているという情報までは知らないからか、無理やり引き離す気なのではないかとハラハラした様子で声をあげる。威嚇するようにメルは騎士達を見ていた。

「ドラゴン様にそこまで言われるなんて……」

「というか、勇者様だけでなく……夫の男も、ドラゴン様に様付けで呼ばれている」

「……こ、これはテディ様にどう説明すれば……」

騎士達がメルの言葉にざわめき、どうしようといった困惑した雰囲気を醸し出している。

「第二王子に、旦那さんいるってちゃんと告げて。それでオッケー」

「いえ、しかし……それでテディ様が納得するかどうか」

「納得？　関係ない。私、レオしか好き違う。それに王様と約束した。無理やりは許されない。なら、私は靡《なび》くことはない」

　ネノは少しだけ面倒そうに言った。

『もー、ネノ様はレオ様にしか興味ないって言ってるじゃんか！　しつこい男がいたとしても僕が絶対に追い払うから!!』

「……メル、大丈夫。ちゃんと、王様と約束している。第二王子、好き勝手は不可。それに姉姫のセゴレーヌ様や他の人達も、味方。私のこと、友達って。だから、平気」

『そうなの？　ネノ様、さすが』

「うん。レオと一緒いる。それを邪魔されないように」

　ネノは淡々とメルに答えている。本当にネノが可愛い。

「レオ、帰ろう？」

「ああ」

「って、待ってください。勇者様！　せ、せめてテディ様や他の方々が納得するようにしていただきたいのですが……」

「ん？　それ、私の仕事じゃない。頑張って」

　ネノは、ネノを求めている男達が納得するように説明してほしいという懇願にそう答えた。というか、「旦那がいる」で納得しない連中ってなんなんだろう？　と正直疑問に思う。

この世界で一番有名な女神様——ヒアネシア様は勇者を選別する女神である。そしてそのヒアネシア様は結婚というものを神聖視している。それもあって、結婚している相手と不倫をすることも忌避される。特に、ヒアネシア様を最も信仰しているこの国においてはそうである。

だから王侯貴族達も不倫は基本的にしない。隠れてしている者もいるという噂はあるが、露見したら神殿との関係が悪化するので、基本的に色欲の多い者は「妻」として娶《めと》るものである。

王侯貴族は妻を何人も持っているものだ。しかし、王侯貴族と違って、庶民は一夫一婦制が普通であるし、そもそもネノにそういう気もないのだ。それとも結婚相手がいたとしても自分なら——などと考えているのだろうか。

「レオ、行こう」

「ああ」

ネノに手を引かれて、そのまま自分の家に戻った。後ろからはメルがついてきている。

ネノが強く言ったからか、それ以上騎士達が俺達を引き留めることはなかった。

家へ戻ると、ネノが言った。

「レオ、ごめんね」

「何が？」

急にネノが謝罪の言葉を口にしてくるが、俺には何を謝っているのか分からない。

「あの人達、私を追いかけてきたから。ちゃんと王様と約束して、お断りしたから、来ないかと思ったのに」

「仕方ないだろう。それだけ、ネノが魅力的なんだから」

ネノは騎士達が来てしまったことに対して謝罪をしていたらしい。

本当にネノは魅力的だ。

見た目もそうだけど、その可愛らしさも、性格も。俺はずっと昔からネノという女の子に惹《ひ》かれているから、誰よりもネノの魅力を知っていると思う。

ネノはとても可愛いから、ネノのことを好きだという異性がいても仕方がないのだ。とはいえ、誰にも渡す気はないけれども。

「魅力的？」

「うん。ネノは、誰よりも可愛い」

「……うん」

誰よりも可愛い、そう口にしたらネノが頬を赤らめて頷く。本当に、可愛い。

「ネノが一番可愛いこと、俺は誰よりも知っている。だから、誰がネノを求めてきても絶対に渡したりなんかしない」

「うん……、私もずっと、レオのものがいい。レオが嫌だって言ってもずっと一緒がいい」

「嫌って言うわけないだろ？　俺だってネノが嫌って言ってもずっと一緒がいいし」

「ふふ……嫌なわけない。私、レオ大好き、ずっと一緒」

可愛すぎて、抱きしめてキスをした。

家の中だから気にもせず、深く口づけする。

『あああああ。もう！　おっぱじめちゃってるし！　僕、まだ成体じゃないんだよ！　子供なんだから、そんなの見せないでよー!!　もう部屋でやってよ、部屋で。母様が言ってたよ、そういうのは誰も周りにいない時にやるものだって。もう二人っきりでやってよ。僕いるからね!?』

メルがいるの忘れていた。

ネノもメルがいたの忘れていたみたいで、あ、という顔をしている。

「ネノ、部屋行く？」

「……うん」

ネノが可愛く頷いてくれたので、二人で寝室に向かった。

翌日、メルが『……ネノ様とレオ様は仲良いね』と呆れた目を向けてきた。聞いていたのか？　それともドラゴンだから聴力がいいのだろうか。まぁ、いいや。

あと村の連中に聞いたらまだ騎士達は村にいるらしい。

「どうか、勇者様、共に王都まで行ってくださいませんか。テディ様も勇者様から直接言っていただければ――」

「直接言っても、駄目だったよ？」

「ですが……」

「私、忙しい。帰ってほしい。第二王子にはそっちで説明、して？」

この日、まだ王都に戻っていなかった騎士達は家にまでやってきた。それでネノに対して第二王子であるテディ・アリデンベリに説明をしてほしいと煩《うるさ》いようだ。第二王子だけしつこいのか、それとも他の連中も同じなのか。何だか面倒そうだ。

「ですが……」

「あと、セゴレーヌ様に説明してもらえばいい」

ネノはそれだけ言って、バタンと扉を閉めた。

家の外でまた騒がしく騎士達が喚《わめ》いているが現状のところ、放置である。

「レオ、村を出るの、早める？」

「俺はいいけど、ネノはいいのか？」

「レオ、いればいい。ゆっくりしたい気持ちもあった。でも、面倒だからいい」

「そうか……」

正直、俺もネノが久しぶりに村に帰ってくるのだからゆっくりしたいかなと配慮していただけの話であって、特に村を出るのを早めることに対して異存はない。

村のことを好きか嫌いかと言えば好きだけれども、元々ネノが勇者に選ばれなければ、村を出て新天地で二人暮らしする予定だったのだ。そのためにお金も貯めていたわけだし、村を出るのには何の問題もない。

「じゃあ皆に軽く挨拶をして出るか」

「うん」

『……ネノ様もレオ様も決断が早すぎる』

「文句あるの、メル」

『ないけどさー。というか、ああいう面倒なのはさくっと殺しちゃえばいいんじゃないの？』

「メル、それすると、もっと面倒」

何だかメルが物騒な発言をしていた。まぁ、ドラゴンのメルからしてみれば面倒な敵などさっさと殺してしまえばいいという考えのようだ。殺そうと思えば簡単に殺せるだろう。でもだからといってそれが良策とも思えないし、それによって後の面倒が増えるのは間違いない。

そもそも俺達は庶民だしな。下手《へた》に王侯貴族と揉《も》め事《ごと》を起こそうと思っているわけではない。まあ、ネノのことを欲する人が多くても、ネノは渡せないけど。

「ネノ、じゃあ行こうか」

「うん」

『って、もう出るの!?　荷造りは？』

「大丈夫、家ごと持ってく」

「問題なし」

『相変わらずおかしなことやろうとしてるし!!』

俺は《時空魔法》を便利だからと鍛えまくった。その結果、《時空魔法》の実力に関してはネノ以上にあったりする。やろうと思えば家自体を持ち運び可能である。

メルは叫んでいるが、メルも中に入ったことがあるから俺の《時空魔法》が家ぐらい簡単に入れられるのは知っているだろうと思ってしまう。

家の外に出ると、騎士の連中がまだいた。

こいつら暇なんだろうかと思ってしまう。家をしまおうと思っていたわけだが、騎士達が非常に邪魔だった。

「勇者様！」

「勇者様の旦那様もどうか勇者様を説得――」

さすがに、これだけ周りにいたら魔法を使いづらい。というか、家の近くにいると一緒にしまってしまいそうだった。

《時空魔法》で構築した広いスペースの中に生き物を入れることは可能だけど、国の騎士を飼う気はない。ネノに目配せすると、彼女は察して行動を起こす。

「《勇者の盾》」

その一言だけで、周りにいた騎士達が弾《はじ》かれたように家の周りから遠ざけられた。

勇者であるネノは女神から賜った力を使うことが出来る。それは魔王を退治するために与えられているものだが、魔王退治を終えた後もそのまま使えるようだ。

《勇者の盾》は結界のような効果を持つ。ネノの思い通りに動く万能盾。魔族を弾き、魔王の攻撃さえも防げる最強の盾——そう呼ばれているものだ。

「ネノ、ありがとう」

「……どういたしまして」

ネノは小さく笑う。

そんなネノを可愛いなぁと思いながら、俺は《時空魔法》で家をしまった。俺の掌《てのひら》に家が吸い込まれていく光景に、騎士達が「はぁ!?」と声をあげている。

《時空魔法》は鍛錬をしなければ、収納時にもっと大きく空間を開かないと使えなかったり、途中で制御出来ずにモノが溢れかえったりするらしいが、技能を磨けばこういうことが出来るので本当に使い勝手が良い。だから俺はこの魔法を気に入っている。

「家をしまったのか？　ってことはもう村を出るのか？」

「そうか……二人が出ていくとなると寂しくなるな。でもまぁ、元気でな」

村の連中は俺の魔法のことを知っているので特に驚いてはいなかった。ただ、もう村を出るのかと少しだけ残念そうな顔をしていた。

「うん。……時々、帰る。またね」

「ああ。また帰るから。じゃあ行ってくる」

『軽!? 故郷を出るっていうのに二人とも軽すぎるでしょ』

何だか声をあげているメルの首元を掴む。『え、ちょ、何!?』とか叫んでいるけれど、とりあえずもう行くことは決めているので、さっさと村を出ようと思っているのだ。

「ネノ、行くよ」

「うん、行こう」

俺はネノの手を取り、左手でメルを掴んだまま駆け出した。

後ろの方で、「ま、待ってください」「勇者様!?」と声がしたが、俺とネノはただ前を向いて後ろを振り向くことはなかった。

「レオ、何処向かう？」

「ひとまず、店が出来そうな場所に行く予定」

「うん。ふふ、楽しみだなぁ」

とりあえず、村を飛び出した俺達は道なりに歩いていた。

そういえばネノは俺がいないのに街なんてゆっくり見たくない、とかいう気持ちで寄り道などせずに魔王のもとへ直行したらしい。

「先に店舗を作るのもいいな。《時空魔法》で運べるし」

「うん。私と、レオの好みのもの作りたい」

「だよな。自分達で作った方がいいよな」

建物自体を運ぶことは、ネノでも出来ない。俺が《時空魔法》を極めた一番の理由は、ネノに出来立ての美味しいご飯を食べてほしいというものだったけれども、《時空魔法》の技能を上げて本当によかったと思っている。

『ネノ様もレオ様も本当におかしいよね!!』

しばらく黙って話を聞いていたメルが突然叫び出した。

「どうしたの。メル」

「どうしたんだ、突然」

『どうしたんだ、じゃないから!!　家を運べるぐらいまで《時空魔法》を極めているのもおかしいし、自分で店舗作ろうとしているのもおかしいし。というか、ネノ様とレオ様、お店開くの!?　ネノ様とレオ様なら冒険者でもやったらすぐに高ランクになれるよ!?』

「別に、冒険者とか興味ない。レオとお店やりたい。私とレオの愛の巣」

「冒険者とかどうでもいい。冒険者って高ランクになったら色々ややこしいって村長が言っていたぞ。俺はそういうのは嫌だし。何より、料理をするのが好きだしな」

『というか、ずっと思っていたんだけど、いい加減突っ込むよ!!　絶対ネノ様とレオ様二人で魔王退治に行った方がもっと早く終わったよね!?　半年もかからなかったと思うよ、僕!!』

「一度言ったら拒否された。……それに私が魔王退治、レオは狩猟と採取で、お金を互いに貯めた方が早く貯まると思ったし」

「ネノがすぐ終わらせるって言ってたからな。歴代の勇者は魔王退治に数年から十年はかけていたみたいだけど、ネノがそう言うのなら、そんなに時間かからないと思ったし」

過去の魔王退治にかかった期間を考えると、ネノが半年で魔王退治を終えたのは異常とも言える。

ただ、歴代の勇者のことを調べていて思ったのだが、魔王退治にそれだけ時間がかかっていたのは、選ばれた勇者が、選ばれるまで戦いに身を置いてなかったからではないかと思った。魔物と戦ったことのない村人や箱入りの貴族などが多かった気がする。それにネノのように魔王のもとへ直行していたわけではなく、結構な寄り道をしたりしていたようだから。

ネノは元から自身を鍛えていたのと、直行したからこれだけ早かったのだと思う。

俺とネノ、メルはひたすらに道なりに歩く。騎士達に追いつかれると面倒だろうということもあり、最初は駆け足で移動した。それなりに進んでからはゆっくり歩いている。

『ねー、早く着きたいなら僕に乗ってもいいんだよ？』

「メルに乗ったら、騒がれそう」

「そうそう。メルは目立つドラゴンだからなぁ」

そう言ったらメルはちょっと残念そうだった。役に立ちたいとでも思っていたのかもしれない。

「立て札発見」

「左右に行けるみたいだな。両方に村があるみたいだけど、どっち行きたい？」

「どうしよう？」

「俺はどっちでもいい」

「私も、どっちでもいい」

「「メルは？」」

ネノと同時に聞いてしまった。

メルはネノと俺に見られて、えっという顔をしている。

『なんで僕に聞くのさ!? いいけどさ！ でも僕どっちの村もよく知らないよ。後から、あっちが良かったとか怒ったりしない？』

「しない」

「しないから、決めろ、メル」

『もー、じゃあ適当に勘で行くからね。じゃあ、右!!』

メルが決めた通り、俺達は右の道を進むことにした。この先には一つの村があるらしい。その村を俺達は目指す。

ネノと一緒にこうして手を繋いで、過ごせるだけでも嬉しい。

この先で、ネノと一緒に沢山の思い出を作っていけるのだと思うと楽しみで仕方がなかった。

そんな風に先のことを考えていると、誰かの悲鳴が聞こえた。

「ネノ」

「うん」

俺が名を呼べば、ネノは心得たとばかりに頷く。そして二人で悲鳴がした方へと駆け出した。

俺とネノがその悲鳴がしたと思われる場所にたどり着いた時、目の前に広がっていたのは一台の馬車が盗賊に襲われている光景だった。

その馬車は装飾が施されていて、周囲には何人かの騎士が倒れていた。

盗賊達の数が多いので、護衛達は対応が出来なかったのだろう。まだ何とか立っている護衛はいるけれども上手く対処出来ていないようだ。俺達の住んでた村って田舎《いなか》だし、このあたりは都会ほど警備が十分ではない。俺はあまり村から出ていなかったから把握していなかったけれど、盗賊が勢力を拡大していたのかもしれない。

まぁ、いいや、とりあえず助けるか。

「ネノ」

「うん」

俺とネノは、その言葉と同時に護衛達にも盗賊達にも悟られないように動いた。

メルは『……ちょっと、待ってよ』と小さな声をあげながらついてくる。

「《光の矢《ホーリーアロー》》」

ネノが一言呟《つぶや》けば、光り輝く何かが盗賊達に向かっていく。それは勇者であるネノが一番適性の高い《光魔法》によって生み出された矢。

ネノは当然のようにその魔法を生み出しているが、それはネノだから簡単に出来ることだ。

俺はネノが魔法で攻撃を繰り出し、盗賊達の気を引いているうちに、襲われている者達を《時空魔法》で移動させる。盗賊達の傍から一瞬で移動したとあって、襲われていた者達から「え、どういうこと？」「な、何が起こったの？」などといった声が聞こえてきたが、治療してから一旦放置する。

ネノが盗賊達に傷を負わせて、行動不能にする。

殺すのは簡単だけれど、確か、盗賊とかはしかるべきところに突き出せば報奨金がもらえたはずだ。それもあってその場で殺しはしなかった。

そもそも殺そうと思えば簡単に殺せるだけの力量差があるから、無闇に命を奪う必要もない。

「終わり」

ネノがそう口にして、盗賊達を魔法で拘束する。

俺はそんなネノに近づいて、「お疲れ」とだけ声をかける。

「レオ、こいつら突き出そう」

「おう、そうしよう」

俺とネノはそんな会話をして、ようやく襲われてた連中に目を向ける。

「大丈夫？」

「盗賊達はこちらで突き出すのでもう行ってもらっていいですよ？」

生き残っているのは両手で数えられるほどの人数だ。

一人は俺達と年が対して変わらないぐらいの茶色の髪を持つ少女。

馬車を操る御者。

そして護衛だろう男達。

その者達は固まったままこちらを見ている。そんな中でネノをまっすぐに見据えながら、少女が震える体で口を開いた。

「あの、ありがとうございます！　ところで……貴方《あなた》は勇者ネノフィラー様ではないでしょうか？」

「そうだけど？」

「わ、わたくしはホラン商会の娘であるアレグラ・ホラン。父様の命により、勇者様の出身地の村で商売をすることになったのです!!　よ、よろしければ村まで連れていっていただけませんでしょうか!?」

勇者であるネノに話しかけるのに緊張しているのだろう、決意したような眼差《まなざ》しでネノを見ている。

だけどネノはばっさり答えた。

「行き先、村じゃないから、無理。すぐに着くから自分達で行って」

「え、村にはお帰りにならないのですか？」

「私、村出た。ついさっき。だからすぐには戻らない。すぐ着くから頑張って」

その言葉に、少女や護衛の者達は驚いたような表情を浮かべるのだった。

「む、村を出た？　勇者様は何処に向かうつもりなのですか⁇」

「決めてない。レオと行きたい所行く」

「レオとはこちらの方のことですか？」

「うん。レオと一緒に、行きたい所行く。時々は村戻るけど、当分は戻らない」

「えええぇ……私は勇者様の出身地の村で商売をするように父様から命を受けているのですが……。勇者様が村を出られるとなると、どうしたら……」

「私いなくても、私の出身地ではあるから、商売したら？」

ネノは狼狽《ろうばい》する茶髪の少女、アレグラに対してばっさりと言う。

正直人が目の前で亡くなるのは寝覚めが悪いのもあって助けただけなので、ついてこられるのも面倒である。

「そ、それもそうですね！　ではこちらを！　何か御用があれば、是非ともホラン商会をご利用ください!!」

それにしても、この商人一行、俺やメルに対して関心はないらしい。やっぱり、勇者としてのネームバリューは凄いのだなと思った。

「うん。そうする。もう行っていい？」

「ええ、大丈夫ですわ！　では、またお目にかかれる日を楽しみにしております!!」

「うん」

アレグラは嬉しそうに声をあげて、そのまま、俺とネノの生まれ育った村へと旅立っていった。

勇者であるネノに挨拶が出来たことで満足したようで、それ以上俺達に何か言うことはなかった。

商人一行が去った後に残るのは、俺達と盗賊達だけだ。

「じゃあネノ、こいつら連れて先に進むか」

「うん」

ネノとそんな会話をする。盗賊の連中は魔法で体を浮かせて、次の村まで運ぶことにした。

途中で拘束された盗賊達が目を覚まして煩かったので、ネノが喋《しゃべ》れないようにしていた。

「もうすぐ次の村」

「そうだな。とりあえず食堂とか開くなら人が多い所の方がいいからな」

「うん。そっちが良い」

「まずはその街で建物を作って、その後もし移動するなら《時空魔法》で建物ごと収納して運べばいいよな」

「そうだね。土地を借りればいいだけにしたい」

二人で会話をしながら歩く。隣で翼を広げて飛んでいるメルは後ろをちらりと向いて言う。

『中々シュールな光景だよね、これ。ネノ様とレオ様の和やかな会話の後ろで、人間達が浮いているとかさ。さっさと殺しちゃえばいいのに』

「殺すより資金にした方がいいよ」

「そうそうお金はあるだけ困らないだろ」

『そうだけど。というか、最悪、僕の鱗《うろこ》でも売ったらお金稼げるんじゃないの？　母様が言ってたよ？　僕の鱗とかって人間には凄い価値があるんだって！』

メルは簡単にそんなことを言う。

確かにドラゴンの素材は高値で取引されるとは村長も言ってた。そんな高価な素材を簡単に売れば？　とか言うあたり、メルがいつか人に騙《だま》されるのではないかと心配になってしまう。

「気が進まない。お金は、自分で稼ぐもの」

「そうだよな。あんまりメルのことを金稼ぎの材料にしようとは思わないし」

お金は自分で稼ぐもの。俺とネノはそういう認識なのだ。だからこそ、自分で魔物退治をしてその素材を売るならともかく、メルの素材をあてにしようという気は今のところない。

俺とネノの発言を聞いてメルは嬉しそうにしている。

「メル、そんなこと言ったら、悪い人間、騙されるよ？」

ネノも同じことを考えていたらしい。

『いやいや、僕、さすがに誰にでもこんなこと言わないからね？　ネノ様とレオ様は……えっと、結構無茶《むちゃ》ぶりするけれど、さすがに僕が死ぬまで素材剥《は》いだりとかはしないでしょ？　そういうの知っているからだよ!!』

「まぁ、いつでもやろうと思えば殺せるしな」

『確かにそうだけど、その言い方なんなの!?』

「殺さないからビビるなって。少なくとも幼馴染みたいなもんだし、そんな必要がなければ殺さないって」

『必要ある時って、何なの!?』

「俺とネノと敵対した時とか？　それ以外は特にない」

『そんなこと、僕がするわけないじゃん!!　怖すぎるからね!?』

　メルは大きな声を出して、俺の言葉に返事をする。

　まぁ、でも尻尾は美味しくいただいてはいるけれど、俺やネノに敵対することがなければメルを殺したりするつもりはない。

『レオ様達って……怒らせたら怖そうだけど、案外沸点は高いよね。なかなか怒らないから安心なんだけど』

「まぁ、別にそんな怒ることもないし」

「うん。別に、怒ることない」

　メルの言葉に、俺もネノもそう答える。特に、怒るようなことはない。

　俺はネノと楽しく過ごせればそれだけで幸せなのだから、それが覆されなければ怒ることなんてないと思う。多分、ネノも同じ気持ちだろう。

そんな風に話しながら進むと、ようやく道の先にあった村へとたどり着いた。

「そ、その後ろの者達は!?」

俺達が村に入ろうとすると、大きな声をあげられた。

この村は俺やネノの故郷である村より規模が大きい。あまり人の訪れのない村なのだろう、俺達が足を踏み入れた時、一斉に村人達の視線がこちらを向いた。そして俺達の後ろで口をふさがれて浮いている盗賊達を見て目を剝《む》いている。

「盗賊」

「襲ってきたから拘束した。お金になるんだろう?」

「そうですが……。あれ? というか、まさか、その美しい真っ白な髪は……もしや勇者様!?」

勇者をやったネノの知名度が本当に高い。俺のネノが周りに慕われているのは俺としても嬉しい。規模の大きな村だからこそ、冒険者ギルドもあるみたいでそこで引き渡せるようだった。冒険者として登録していなくても引き渡しは出来るようで良かった。

村人達はネノが目の前にいるという事実に興奮しきっているようで色々と情報をくれた。

「勇者様、冒険者ギルドはこちらです!!」

「ご案内しましょう!!」

「……うん。レオ、メル、行こう」

村人達の言葉に、ネノは俺とメルを見て言う。村人達になんだこの男はという目を向けられたが、気にせずネノの隣に並んだ。村にある冒険者ギルドでも、ネノは快く迎えられた。

「さすが、勇者様です!!」

　と、次々と称賛を浴びていた。

「レオと、メルも一緒。私だけ、違う」

「ん？　誰ですか、この男は」

「私の夫」

　また、事実を口にして驚愕《きょうがく》されていたが、そんなにネノが俺と結婚していることは驚くことなのだろうか。というか、そもそも勇者になる前から俺と結婚していたわけだが。

　勇者の情報って、何でも噂されているイメージだったけれど、案外ネノの情報は正しく周りに認識されていないのだと思った。

　ネノはあまり自分から喋らなかったりするから、勝手に周りが推測して語っている噂も多そうだ。

　それから色々質問をされて面倒だったので、さっさと冒険者ギルドを後にした。

　別に幾らでもネノとのことは惚気られるし、ネノについて幾らでも語ることが出来る自信はある。だけれども一々色々言われるのは大変そうだったから。

　あとメルがドラゴンだから、メルに関しても冒険者ギルドの面々は興味深そうにしていた。メルのようなドラゴンが人と契約をしていることは少なく、研究職の人達が調べたいと言っていたのだ。メルが嫌がっていたので断ったが、あれは獲物を見る目だった。

『もー。僕を調べたいとかなんなの!?』

メルは冒険者ギルドを出た後、ぷんすかしていた。

やはり実験動物を見るような目で見られたのは嫌だったようだ。まぁ、俺もそういう目で見られたら嫌だ。……ネノをそういう目で見る人がいたらとりあえず潰す自信はある。

「レオ、この村で何処行くか、決めよう」

「ああ、そうだな。そこそこ大きな村だし、色んな場所の情報があるだろう」

俺達は目的地を明確に決めていない。だから、村の中で情報を集めて何処の街に向かうか決めようと俺達は考えた。

「大きめの街で、店だけ作るも、あり」

「そうだな」

「とりあえず、聞き込み」

「そうだな。色々聞いて回って何処に行くか決めるか」

「うん。面白い情報あったら、そっち目指すもあり」

ネノと俺はそんな会話を交わす。興味深い情報があれば、そちらに向かうのもありだ。

とはいえ、まずは店だけでも建てないと。そうすればあとは《時空魔法》で運べるわけだし。そんなわけで目指すは大きめの街だろうか、と俺とネノは方向性だけ決定した。

『……ネノ様もレオ様も行き当たりばったりだよね。まぁ、ネノ様とレオ様ならたとえどんなことがあっても大丈夫だろうけどさ』

「メルは行きたい場所ないの？」

「あるなら行ってもいいぞ？」

『え、僕？　僕は……えぇっと、母様達の所、ちょっと行きたいけど』

「何処？」

「行くか？」

『え、いいの？　だったらちょっと行きたい。でも、大分遠いから後からでも全然良いよ。あのね、母様達がいるのはね――』

　と、メルが教えてくれた場所は俺やネノが聞いたこともないような場所だった。でもお店とかを作ってからでもいいらしいので、行くとしても後になりそうだが。

「店を作る。持ち運ぶ。メルの家族の所に行く。とりあえずの目標決定」

「ああ、そうだな。あとは珍しい場所とか行きたい」

「景色いい所」

「いいなぁ。絶景が見られる所も気になる」

「うん。色々行こう。一緒に」

　ネノが微笑みを浮かべて言った。笑っているネノは可愛い。思わず俺はネノの頭を撫でるのだった。

それから、俺達は村人達に他の街についての情報を聞いた。あと変わったこととかがあったら教えてほしいととも。

「南の道を進めば、海のある街に行けるよ」

「あちらの道をまっすぐ行ったら森がある。その森を抜けたら小さな温泉街があるよ」

「変わったこと？　それなら魔王が倒されたことで魔物の数が減って、開拓が始まるって話だ」

村人達から色々な話を聞いた。

魔王は定期的に発生し、出現している期間とそうでない期間は魔物の量が桁違いだ。それに、その存在がいるだけで魔物は活性化し、人の領土を侵食していく。今回はネノが即急に対応したので被害は少なかったが、昔話の中では今ある人の領土が半分以下にまでなったこともあると伝えられている。だからこそ、魔王は脅威であり、勇者は人々にとっての希望である。

そんな魔王が倒されたこともあり、人の手の入っていない場所での開拓が進められようとしている。世界には人の手が加えられていない場所は山ほどあるのだ。

「ネノは、どう思う？　そういうの興味あるか？」

「少し。でも開拓よりも、まずはお店。お店作って、しばらくしてから開拓地行くのもあり」

「そうだな」

まずは街に行って、お店を作る。そしてお店を開店した後に開拓地に向かってもいいのだ。

ネノと一緒ならばどんな所だってきっと楽しめる。だから正直向かう場所は何処だってかまわない。ネノがいればそれだけで俺にとっての幸福なのだから。

「今のところ、何処行きたいとかあった？」

「……海のある方」

「海のある街か、じゃあそっちに進むか」

「うん」

ネノの意見を採用し、俺達は海のある街の方へ向かうことに決めた。

俺も海を見たことがないから、海のある街に行くのは心が躍る。ネノは魔王退治の道中に見たことがあるらしいが、俺は初めてなのだ。ネノと一緒に見る海は、どんな風に見えるだろうか。

「日も暮れたし、この村泊まるか？」

「うん」

「じゃあ、空き地に家を出していいか聞いてくる」

「うん」

俺は村長の所に行って、空き地を貸してほしいと告げた。その村長は〝家を出す〟と言ったら、なんだそれはと理解出来ない様子だったけれど、実践したら黙った。

快く土地を貸してくれるということだったので、空き地に家を出す。

その家の中に俺とネノと、メルで入った。

村人達からの視線を感じたけれど特に気にはしなかった。

『……海のある街かぁ。美味しいものあるかな』

「美味しいもの、私も食べたい」

海が近くにあるということは、それだけ海産物が取れるということだ。生まれ育った村でも商人から魚を買い取って食べてはいたが、新鮮さはない。やはり新鮮なものを食べたい。新鮮な海産物を手に入れることが出来れば、その鮮度のまま《時空魔法》で保存していつでも食べられるわけだし。

何よりネノが美味しいものを食べたいと言っているからには美味しいものを食べさせたい。

「ネノ、海の街に着いたら美味しいもの作るから」

「うん。楽しみ」

にこにこと笑うネノはやっぱり可愛くて、幾らでも料理を作ってあげたくなる。好きだからこそ、ネノが笑っていてくれると嬉しくて、いつまでもネノが笑っている姿を見ていたいと思うんだ。

「レオ、お店の名前何にする？」

「……考えてなかった」

「私も。街着くまでに、考えよう」

「ああ」

「楽しみ」

「ああ。俺も」

「どんな風に作るかも……考えないと」

ネノは椅子に腰かけたまま、未来のことを考えているようで楽しそうだ。

それにしてもお店をやろうと考えてはいたものの、お店の名前なんて一切考えていなかった。どういう名前にした方がいいか、そして一から作るお店なのだからどんな風にしようか。そういうのもまだきちんと決めていない。

外観をどんな風にするか、内装をどんな風にするか、どんな家具を置くか。そういうのはまだ一切決めてない。家具とかも自分で作った方が色々と自由に出来るだろうし。

「建物の外観はどうしようか」

「内装とか家具も決めないとね」

「自分達で作ったら自由に出来る、違うなと思ったら作り直せばいいし、色々作ってみよう」

「うんうん。そうだね、楽しみ」

それから、街に着いたら何をしようかという会話を交わして、眠りについた。


俺とネノとメルは村を出てから、海の見える街を目指した。

これといって誰と会うこともなく、順調に足を進めていった。ネノといつも通りの行動をしていれば、メルが時々、『破廉恥っ！』とか怒っていたけれどまぁ、それは放置していた。

それから数日ほど足を進めれば、村の人達が言っていた海の見える街にたどり着いた。

幕間

— Interlude —

村人達から見た二人について

勇者ネノフィラーとその夫が村から飛び出していった。

俺はこの村に腰を据えて数十年になる。ネノフィラーとレオニードの両親のことも知っている。親を早くに亡くしてしまった二人のことは、村人総出で育てたようなものだ。とはいえ、あいつらは昔から規格外だった。

レオニードはまだ子供の頃は普通だったが、ネノフィラーに関しては最初からああだった。

勇者だと知った今では、その力も当然かと思うが——、正直村人達の中ではネノフィラーが異常だったために、怖がっている者もいたのだ。何か悪いものでも取《と》り憑《つ》いているのではないか……と今考えれば笑い飛ばせる話を本気で口にしていた者もいた。

俺としてみれば、幾ら子供らしくなかったり強かったりしたとしても村の子供は村の子供だと思っていたので、そんな奴《やつ》らには反論していたが……。

まぁ、今ではそういうのもなくなっている。

というのも、レオニードは幾ら子供らしくなくても、驚くほどに強くても、興味を持たれていなくても、ネノフィラーのことをいつも追いかけていた。追いつきたいと口にして、「ネノ、ネノ」

とその名を何度も呼んで。今の二人を見ていると信じられないかもしれないが、昔はネノフィラーはレオニードの言葉を無視したり、置いていったり、興味がなかったのだ。レオニードの名前もちゃんと覚えてなかったし。

それがいつしかレオニードのことを「レオ」と呼ぶようになって、一方通行だったのが両方になった。

あの二人の間に何があったかとかは、正直言って俺には全てが分かるわけではない。ずっとあの二人のことは見守ってきたが、常に傍《そば》にいたわけではないから。

気づいたらドラゴンと仲良くなっていたり、気づいたらレオニードも強さがおかしなことになっていたり……、本当にあの二人は少し目を離していた隙に色んなことを巻き起こしている。

レオニードに心を許してからのネノフィラーは年相応になってきて、レオニードと仲良さげにしている姿は微笑《ほほえ》ましかった。そういうのを見て、何か悪いものでも取り憑いているのではと言っていた連中もそんなことは言わなくなっていった。

元々こんな辺境の村で一生を終えるような奴らではないと思っていたのだ。それは村人全員の総意であった。

だって明らかに異常なほどの強さを持ち、精神面での芯の強さも二人は持っていたのだ。だから結婚して村を出ると聞いた時も「頑張れよ」という言葉しか出てこなかった。

その後に、ネノフィラーが勇者だと発覚したのは驚いたけれど。

魔王を倒す旅って、正直言って人によっては死んでもおかしくないような旅だ。それなのにネノフィラーもレオニードも魔王討伐ぐらいでネノフィラーが死ぬなどとは思っていないようだった。二人とも何だか出稼ぎに出かけるような雰囲気で、ネノフィラーは「さっさと倒してくる」と言うし、レオニードは「じゃあ待ってる」と軽く言ってのけたのだ。本当にあの二人は色々とおかしい。

さっさと魔王退治を終えたネノフィラーは、レオニードと共に旅に出てしまった。そのうちこの村にも二人の噂《うわさ》は入ってくるだろうと思ってる。だってあの二人が噂にならないはずはない。

二人のことだからひょっこり帰ってくることもあるだろう。ドラゴンを連れていることだしな。村にやってきたドラゴンは小さくなっていたが、本来は巨大なことを俺は知っているのだ。ドラゴンに乗ればこの村までなんてすぐだろう。

勇者パーティーがネノフィラーに夢中だという噂があるのでそれは心配だが、まぁ、あの二人ならばどんなものが立ちふさがろうとも夫婦としてあり続けるだろう。そんな信頼感があるのであの二人が別れることは考えていない。

いつか、子供が出来たら見せに来てほしいなとも思っている。あの二人はあれだけ仲が良いので、そのうち出来るだろうと思う。村総出で見守っていた子供が大きくなって、子を成すのだ。見せに来てほしいと思うのも当然だろう。

あの二人の子供だったらきっと赤ちゃんの頃からおかしいことになっているかもしれない。そうだったとしてもあの二人が親なら問題もないだろう。

ネノフィラーとレオニードがどんな道を選んでいくのか、村の外でどんな風に過ごしていくのか、それを伝え聞く未来を思い浮かべると、俺は楽しみで仕方がない。

第二章

— Chapter 2 —

開店準備

潮風の匂いが、鼻につく。

街の中に入るには検問があったけれども、ネノが勇者としての肩書を持っているので、簡単に街に入ることが出来た。勇者というネームバリューは改めて凄《すご》いと思った。

まぁ、ネノのことを知っていた門番が「勇者様だ」と声をあげそうになったのには、ネノが慌てて止めていた。ネノは別に勇者であることを隠しているわけではないが、一々勇者だと騒がれるのは面倒だと思ったようだ。

勇者だと騒がれなくても「あれは勇者様ではないか……」と周りがちらちら目を向けてきていたけれど。

「ネノ、俺、ひとまず海を見たいんだけど」

「レオ、目が輝いている。可愛《かわい》い」

「……そりゃあ、俺は海を見るの初めてだから」

ネノの手を引いて、海の方へと近づく。

上から見下ろした海は、広大だった。

何処《どこ》までも広がっている透き通るような青。その先は見えない。こんなに大きな水の塊を見るのは初めてで、何だか少しだけ感動にも似た思いがこみ上げる。

この海の先には、他の大陸が広がっているらしいが、海を見たのも初めてな俺には想像さえも出来ない。

小さな村で育った俺にとって、海という大いなる自然は衝撃的なものがある。

いつかこの先にも行きたいな、とそういう思いも湧いてくる。

「レオ、下、降りよう」

「ああ」

海岸の方へとネノと一緒に降りる。メルもその後ろからついてくる。

『海って、大きいね!! 海、久しぶりに見たよ』

「メルは、海、来たことある？」

正直、メルってずっと村の近くの山に住んでいたから、海の傍《そば》にいるイメージは一切なかった。

ネノもそんなことを思っていたのかメルに問いかける。

『ふふん。僕は独り立ちするまでは母様と一緒に色々な場所に行ってたからね！　そう考えると、僕って、レオ様やネノ様よりもずっと、色んな場所行っているんだからね!!』

まぁ、メルはドラゴンだし俺達よりは長生きしてるからな。とはいえ、なんで色々な所に行っているというだけでこれだけ得意げなのかは謎だけれど。

『ねーねー。レオ様、海水って美味《おい》しんだよ、飲んでみて!!』

「いや、普通に塩含まれているからしょっぱいだけだろ」

『むー、知っているのか。残念。美味しいって言って、飲んでもらって、うえってなってもらおうかと思ったのに！　僕なんて母様に美味しいって言われて思いっきり飲んじゃって、うえええってなったのに!!』

自分が海水を初めて飲んで大変だったからと、騙《だま》して俺にも同じ気持ちを味わわせようとするなんて、子供か、と思った。もっともメルは俺達よりは長生きしているけれど、ドラゴンとしてはまだ幼体のはずだから、子供なのは間違っていないだろうけれども。

「メル……。レオに、自分が嫌だった気持ち、やらせようとか、駄目。そんなやらせるなら叱る」

『はっ、ご、ごめんなさい。ネノ様!!　やらないから叱るのはやめて!!』

「うん。いい子」

素直に謝罪を口にしたメルの頭をネノはぐりぐりと撫《な》でまわした。メルはされるがままである。

その後は、靴を脱いでから浅瀬に足を踏み入れた。初めて海に触れて、何だか俺は楽しかった。

ネノもメルも楽しそうにしていた。

それからしばらく浜辺で遊んでから、俺達は浜辺を後にした。

その後、俺達は今日の宿をどうするかという話し合いをすることにした。とはいっても《時空魔法》で家を持ち運びしているのもあって、正直土地さえ貸してもらえれば宿に泊まる必要性は一切ない。それか土地を借りることが出来なければ街の外に家を出して寝泊まりすることもありだけど、この街でお店をやるのならば街の中で寝泊まりをすることを考えた方がいいだろう。

「土地、借りられるか、聞いてみる？」

「そうだな。広めの土地を借りることが出来たら、店舗用の建物を建てられるだろうし」

土地だけ借りるのであれば、そこまでの値段もしないだろう。とはいえ、田舎《いなか》と都会では土地の値段も大きく異なる。生まれ育ったような村であれば土地代なんてあってないようなものだっただろうけれど……。田舎だから手続きとかも必要なかっただろうし。でもこういう大きな街だと色々とややこしいはずだ。そんな風に村長が言っていた。

　街中を歩いていると、勇者のネノとドラゴンのメルが一緒にいるからか周りから視線を向けられてしまう。一々気にしていても仕方がないので特に対処はしないけれども。

『レオ様、ネノ様、まずは何するの？』

「不動産、扱ってるところ探す」

「商会とかに行った方がいいか？」

「うん。大きめの商会がいい」

『土地をわざわざ借りなきゃならないって人間って面倒だよね！　僕らの世界だと住みたい土地があればそこに住んでる連中を追い払ったり、こっちの方が強いんだぞって見せつければすぐ住めるのに』

「そりゃあ、メルはドラゴンだからな。ドラゴンの世界だとそれでいいかもだけど、人の世界でそれは駄目だろ」

ドラゴンの世界では住みたい土地があれば自分が強者なことを見せつけて奪ってしまえば問題ないかもしれないが、人の世界でそれをやってしまえば色々と問題だ。正直、俺とネノなら奪うのは簡単だが――、そういう物騒な手段で生活をしようなどと思っていない。

やろうと思えば出来るが、基本的に俺もネノも平和主義だ。力ずくで人の物を奪ったりすることに快感を覚えるような危ない性格の人も世の中には少しはいるらしいが、生憎《あいにく》そういう趣味はない。

というか、メルは言葉が通じようともあくまで人ではなくドラゴンだ。人間である俺達とは感覚が違う部分があるだろうし、人の街で過ごすのならばメルが何か問題を起こさないように俺達で見ておかないと。

まぁ、俺は生まれ育った村から出たことはほぼなかったし、ネノも勇者として旅をしていて普通とは違う生活をしていただろうから、街での常識があるとは限らないけれど。でも、少なくともメルが言っているように、力ずくで土地を奪うとかが駄目なのは分かるからそういうのはやめよう。

「どういう土地がいい？」

「海が、見える所。ね、レオ、魚捕ろう。レオの魚料理、食べたい」

ネノは俺の料理を食べたいという。そういうネノの言葉とか態度を、俺は毎回可愛いと思ってならない。こんなに可愛いネノが俺の奥さんなんて、俺って本当に幸せ者だ。そんなことを考えてたらニヤけていたらしい、ネノに「何か嬉《うれ》しい？」と聞かれた。

「ネノが可愛くて、ネノが奥さんで嬉しいなって思っただけ」

「……私もレオがかっこよくて、レオが旦那さんで嬉しいって思う」

「一緒だな」

「うん。一緒。……奥さん呼びも、あり。時々呼んでみて？」

「俺もネノが旦那とか、旦那さんとか呼ぶのありだと思うからたまに呼んでほしいかな」

「ふふ。旦那様、ってなんかいいね」

「そうだな、俺の奥さん」

何だかネノが〝奥さん呼びもいい〟というからそうすれば、ネノが花が咲くような笑みを溢《こぼ》した。

可愛い。

『もー!!　何で隙あらば二人で見つめ合ってにこにこするの!?　通行人達が何か見てはいけないものを見てしまったのでは？　みたいな恥ずかしさとかから目をそらしているよ!?』

メルにそう言われて周りを見れば確かに通行人が結構顔を赤くしながら視線をそらしていたり、こちらをちらちら見ていたりしていた。まぁ、でも周りがどう思おうが別に関係ない。ネノが可愛いのは事実だし、周りにどれだけ人がいても問題はない。

「別に、周りがどう思っても関係ない」

「うん。俺もそう思う」

『恥じらいを覚えなよ！　本人達が良くても、その、僕とか周りはうわあみたいな気になるからね!!　近くでいちゃいちゃされたら周りは困るからね??』

「困るなら、見なきゃいい」

「だよなぁ」

『もー、マイペースなんだから』

「メルも交ざる？　メルも家族みたいなもんだし」

「ネノがいいなら交ざってもいいぞ？」

『何でそうなるの!?　か、家族みたいっていうのは嫌じゃないけど！　僕は人前で好き好き言い合うのとか恥ずかしいから嫌だからね!?』

　人前は嫌だけど、人前でなければいいらしい。ネノと視線を合わせる。二人とも同じことを考えていると思う。今度、三人の時にメルに「家族みたいに思っている」とか言ったらどうなるか試してみようと二人で決意した。

　そんな風に会話を交わしていると、ようやく目的の商会にたどり着いた。

　商会に入ったら、ネノが勇者であることもあって丁重なもてなしを受けた。大きな商会なのもあって、俺とネノが結婚している情報も摑《つか》んでいるらしく、俺にも丁寧だったのが好印象だった。メルには生魚をプレゼントしていた。

「それで勇者ネノフィラー様と、その旦那様は何をお求めで？」

「土地を、借りたい。お店、する」

「このあたりで借りられそうな土地を探しているんです」

「お店ですか……。お店をやるにしても土地だけでいいのですかな？　店舗付きのものもございますが？」

「いらない。お店、自分で建てる」

ネノがそう答えれば、商会のトップだという壮年の男性——コダと名乗った男は驚いた顔をした。

「お店をご自身で？」

「ん、私とレオで」

「店は自分でどうにでも出来るのでなるべく広い土地が欲しいです。家を二軒分おけるような」

「二軒？」

「うん。家と店舗」

「……そうですか。少し色々と気になりますが、詳しく聞くのはやめておきましょう。勇者様とは良い付き合いをしたいですからね。そうですね、それで二軒分おける土地ですか。お店をやるのでしたら人通りの多い場所の方が良いでしょう。でしたら、此処と此処が候補でしょうか」

コダさんがそう言って差し出した資料には、広々とした土地の情報が記載されていた。

片方は商店が立ち並ぶ大通りに位置する空き地。もう一つは海のすぐ傍で、メインストリートからは外れているけれど冒険者ギルドや漁港に近く、それらに所属する人々にとっては通いやすい空き地。

どっちも捨てがたい。というか、どちらでも上手《うま》くやればどうにでもなる気がする。

「ネノはどっちがいい？」

「海、見たいから、こっち」

俺はどちらも魅力的だと悩んでいたが、ネノは海に心が惹《ひ》かれているらしい。俺としてもネノの願いは叶《かな》えたいので、即決で海のすぐ近くの方に決めた。

「貸出という形でよろしいですか？」

「大丈夫です」

「でしたら月に銀貨百枚いただきますがよろしいですか？」

「はい」

そのくらいなら、今までの蓄えとネノの勇者業の報酬も含めれば払うことは可能だ。ちなみにこの国では銅貨、銀貨、金貨、大金貨と貨幣が分かれている。銀貨が銅貨百枚分、金貨が銀貨百枚分、大金貨が金貨百枚分という計算になる。

土地の借受契約を無事に終えたので、そのままコダさんにその土地まで案内してもらった。見事に何もない空き地である。

「よろしければ勇者様方、おすすめの宿もご案内しますが？」

「ああ、それは大丈夫です」

「うん。家、持ってる」

「はい？」

　コダさんが意味が分からないという表情を浮かべているが、その間にさっさと家を出した。

「はい!?」

「家。私と、レオの愛の巣」

「此処《ここ》で寝るから大丈夫です」

「……そ、それは《時空魔法》ですかな？　家を持ち運べるほど《時空魔法》を極めているとは、さすが勇者様の旦那様ですな。もし何か仕事にお困りなことがありましたら、運搬の仕事など幾らでも紹介出来ますので、その時はよろしくお願いします」

　コダさんはもっと何か言いたそうな顔をしていたが、結局それだけ言って優雅に一礼をして去っていった。家が突然現れたと少しだけ周りが騒がしかったので、俺とネノはそのまま家の中へと入った。

『ネノ様とレオ様さ、自重って言葉知ってる？』

「メル、何が言いたいんだ？」

『いやー、見事なまでにネノ様は勇者であることを隠さないし、レオ様は《時空魔法》を使えることも隠さないし。そうやって色々と目立つ真似《まね》してると大変そうなのに』

　メルがそんなことを言いながら俺とネノのすぐ隣を飛んでいる。

「隠す必要ある？　私、勇者。レオが《時空魔法》使える。それ事実。そもそも、メルいる時点で目立つ」

『そうだけどさー、色々狙われたりとかしそうじゃん。母様が言ってたよ。《時空魔法》使える人間って、同じ人間に道具のように使われたりもするって』

　メルは色々と心配しているようだ。

　確かに《時空魔法》は極めればとても使い勝手が良い魔法で、誰かを人質にとって《時空魔法》を使える者を奴隷のようにこき使ったりする例は、世の中には幾らでもあるらしい。さすがに何度もそういう悪い事例が続いたから、互助組織のようなものが出来ているらしいと村長が言っていた。

……俺が《時空魔法》の技能を上げてたのを知っていたからこそ、そういう組織があるんだとちゃんと教えてくれてたんだと思う。

「大丈夫。私はレオがそんな風になるの、許さない」

「うん。俺もネノが利用されたり、自分らしく生きられないことを許さない」

「だから、大丈夫だよ。メル。メルが利用されそうになっても、助ける」

「そもそも俺達がおとなしく利用されると思うのか？」

『……うん、絶対おとなしく利用されないね』

　俺とネノの言葉に、メルは何だか納得したように頷《うなず》いていた。それよりも俺はメルの方が悪い人間に騙されたりするんじゃないかと心配だ。もしそんなことになったら助けるけどさ。

結局その日は、明日からお店づくりを始めようということになって眠りについたのだった。

＊

「朝か……」

温かい体温を感じながら目を覚ます。俺の腕を腕枕にしてネノが眠っている。眠っていてもネノは可愛い。いや、眠っていたとしても起きていたとしても、ネノが世界一可愛いのは世界の真実だけど。真っ白な雪のような髪に左手で触れる。さらさらとした髪はいつまでも触っていたくなる。

こうして目を覚ました時に一番に目に映るのがネノであるという事実は、俺に幸福をもたらしてくれる。可愛くて可愛くて仕方がない俺のお嫁さん。ネノが俺のものであるという事実を実感する度に口元が緩んでしまう。

ネノの髪を優しく撫でていれば、ネノが目を覚ました。

寝ぼけた様子で、こちらを見る。目が合えば、ネノはへにゃりと笑った。

「おはよう……レオ」

「おはよう、ネノ」

朝の挨拶をして、ネノの額に口づけをする。ネノは眠たそうにしながらも嬉しそうに微笑《ほほえ》んだ。

ネノが笑ってくれるだけで、こんなにも心が温かくなる。

ベッドから体を起こして、俺は朝食の準備を始める。その間、ネノはメルのもとへと向かった。メルはリビングのソファで警戒心の欠片《かけら》もない様子で眠っていた。こんなに警戒心がなくて大丈夫だろうかと心配になる。本当についこの前まで野生で生きていたんだよな？　と思ってしまう。

ネノがメルの頬を指でつついているのを横目に、《時空魔法》で収納している食パンと卵、砂糖、牛乳などを取り出す。朝なので簡単に済ませようと思い、作るのはフレンチトーストだ。

商人から取り寄せたものや村で育てていたもので《時空魔法》に収納していた食材だが、お店をやるのならば鶏を飼うのもありかもしれない。その飼育小屋自体、収納してしまえば問題もないし。となると、そちらの小屋も建てるべきか。あとは牛もだな。外で捕まえるか、買うかはネノと相談して決めよう。

《時空魔法》で食材をかなり保管しているので、食堂をやるにしても宿をやるにしても、しばらくはどうにかなる。あとは水や明かりが使えるように、家に備え付けている魔法具をお店用に作る必要がある。考えなければならないことや、やらなければならないことが沢山ある。そんなことを考えていたら、フレンチトーストを作り終えた。

机の上に並べる。メルには生肉を用意していたのだが、フレンチトーストを見て『僕もそっちがいい』と煩《うるさ》いのでメルの分も作った。ドラゴンの姿のまま食べるのかと思ったら、メルが白い煙に包まれる。そして煙から現れたメルは、人の姿に変わっていた。

……人化出来るのは知っていたけれど、人の姿になったメルを見るのは初めてだったので一瞬驚

いてしまった。

所々にくせ毛が見られる銀色にきらめく髪。翡翠《ひすい》色の透き通るような瞳。まだ幼さの残る小さな少年がそこに現れる。

「メルの人型、可愛い」

「可愛いって……僕、雄だし、可愛いとか言われても嬉しくない!!　でも僕まだ、幼体だからそのうちもっとかっこよくなってレオ様の背も超すんだもん！」

ネノの可愛い、という発言にメルは反応を示す。

「……その頃には人間の俺達は生きてないと思うけど」

「はっ、そうだった！　レオ様より背が高くなって、こう見下ろしたかったのに！」

そんな会話をしながら、食事をする。メルは人の姿に変化することをあまりしてこなかったらしく、フレンチトーストを食べながらぽろぽろと溢したりしていた。そんなメルの面倒をネノが見ている。

「レオ様、これ美味しい！」

「……メル、食べながら話さないの。行儀が悪い」

食べながら話して、口から溢れ落ちていたのでメルはネノに注意されていた。

「ネノ、今日はどうする？」

「お店を建てる準備。どんな風にするか、決める」

「まず、食堂とか宿をやるとは決めてるけどどっちがいい？」

「宿屋の方が、面白そう、かも」

「じゃあその予定で、どんな建物にするか決めるか」

「うん。客室、何部屋か作る。あと食事する所。建物は襲撃されても大丈夫なようにする」

「そうだよな。何かに襲われて折角《せっかく》作った建物が壊されても嫌だもんな。メルに攻撃されてもびくともしないぐらいがいい」

「うん。そう。あとは何処で営業しても大丈夫なように色々完備する。魔法具作製。分担してやる？」

「俺はネノと共同作業しながら進める方が楽しそうだと思う。分担した方が早く出来るかもだけど、ネノと離れたくないし」

「レオ……。うん、そうだね。分担じゃなくて共同作業。レオと共同作業で、お店づくり。楽しそう」

二人でそんな会話を進めていたら、

「僕が攻撃してもびくともしない宿屋って……それかなりやばい感じの守備力持った宿屋だからね？　城塞レベルだって。そんなの作ろうとしているとか……」

メルが呆《あき》れたように呟《つぶや》いていた。

まずはどのような間取りにするかどうか、というのをネノと話し合いをする。

「一階は食堂でいいだろう」

「うん」

「宿っていうなら、二階か三階建てぐらいにするか？」

「三階……それもあり」

「客室どのくらいにしようか？」

「うーん、６〜８ぐらい？　そのくらいで、いい、思う」

　一階は食堂にするとして、何階建てにするか、客室をどうするか。宿を建てる上で、重要だろう。あとは浴場をどうするか。安い宿だと風呂はないみたいだけど、俺達の家には風呂を完備しているし、宿屋をやるなら風呂も完備したい。そういう願望がどんどん湧いてくる。

　メルは話を聞いていて飽きたのか、ソファに人の姿で寝転がっている。

「風呂、いるよな」

「ああ、そうだね。作っておきたい。……一階、食堂とお風呂。二階、三階、客室？　あとはトイレを各階につける」

　まっさらな紙を取り出して、それにネノが間取りを描いていく。ちなみに俺はそういうのを構築する能力はない。この家を建てる時も間取りを考えたのはネノだし。俺もネノもそれなりに出来ることは多い方だけど、得意不得意はやはりあるのだ。その得意不得意を互いに補っていけるのは何だかいいなぁと思う。

　ネノがすらすらと描いた間取り。俺はそこから改善点は見いだせなかった。なので、その案のまま、作ることになった。

宿を建てる際の素材をどうしようかとなったのだが、ログハウス仕様にして魔法を使って防御力を高めようという話になった。どんな攻撃も効かない家にするのには、魔法を使えば出来るだろう。

「じゃあ木材を調達するか」

「買うより、調達の方が安上がりだよね」

二人してそう言いながら椅子から立ち上がると、ソファでごろごろしていたメルが『何処行くの!?　僕も行く！』と起き上がった。別にそのままソファで眠ってもらっていても問題はなかったのだが、ついてきたいらしい。

「メル、なんで、人の姿のまま？」

「慣れるため！　僕、この姿でなるべく過ごそうと思って」

「なんで？」

「お店やるんでしょ!?　僕手伝いたいもん」

メルは宿を手伝う気満々のようだ。宿屋がどういうものか、どれだけ分かっているのか定かではないが。

まぁ、メルが手伝うのならば人件費削減出来るからいいか。

そんなことを考えながら家の外に出れば、人だかりが出来ていた。俺が此処に家を出したこと、ドラゴンを連れていたこと、あとはネノが勇者であることも含めて注目を集めてしまっているのだろう。

ちらちらとこちらを窺《うかが》う視線は、少しだけ面倒だ。話しかけようとしてくる人が現れる前に俺達はその場を後にすることにした。

「ネノ」

「うん」

ネノは俺が名を呼ぶと、頷く。

俺が何をしてほしいか、それを瞬時に理解したネノは魔法を行使する。

「《浮遊《フローティング》》」

それだけを口にする。それと同時に俺とネノ、あとメルの体が浮遊する。ネノは風属性の魔法も得意だ。技能が高いからこそ、こうして体を浮かせて空を舞うことだって出来る。ネノはそのまま魔法を行使して、俺達の体を運ぶ。あっという間に体は上昇していった。

この魔法は制御が難しい。少しでもミスをすれば大変なことになる魔法だ。そういう魔法を簡単にネノが使えるのは、勇者だからというよりも、それだけの努力をしてきたからと言えるだろう。

俺の《時空魔法》も一つ制御を間違えると、大惨事になる。中に入れていたものが木《こ》っ端《ぱ》微塵《みじん》になったりとか——、当初上手く使えなくて折角収納していたものを駄目にしたこともあった。魔法は便利な分、制御が難しいのだ。

「——レオ、森、行こう」

「ああ、木の伐採だな」

「うん」

ネノが手を伸ばしてきたので、俺はその手を掴む。手を繋《つな》ぎながら、ネノの魔法に身を任せている。その傍でメルが呟く。

「風の魔法で自由自在って……、本当、ネノ様って規格外だよね。まぁ、僕は自分で飛べるんだけど」

ネノはその呟きを聞いても、メルも自分の魔法で森まで連れていく気満々といった様子で、魔法を解かなかった。

「伐採しすぎは森に悪い。だから、ちょっとずつ、場所を変えながらしよう」

「そうだな」

飛びながらのネノの提案に、俺は頷く。あまり森で伐採しすぎると生息する魔物に影響を及ぼす。そこまで考えて場所を変えながら伐採すべきだろう。

「到着」

「ありがとう、ネノ」

ネノが俺達を森へと下ろしてくれる。ネノにお礼を言って、頭を撫でればネノは微笑んだ。

やっぱりネノの笑顔を見ると、何だか幸せな気分になった。

森は街から少しだけ離れた場所に存在している。そこまで面積の広くない森だ。その森の中にはもちろん、魔物が少なからず存在している。それもあって、木こりも伐採の時には冒険者を雇って伐採をするものらしい。まぁ、俺とネノには魔物がいようとも関係がないけれど。

それからネノとメルと一緒に、伐採作業を開始した。

ノコギリなどはないので、魔法や剣を使って素早く切っていく。

「……本当にレオ様もネノ様も凄いよね。簡単に木をどんどん切っちゃってさ」

「これぐらい、余裕」

メルの感心したような声に、ネノが得意げな顔をしていて何だか可愛い。ネノの《浮遊《フローティング》》の魔法で場所を移動しながら、木を伐採していく。

伐採したものは全部、《時空魔法》で収納していった。

《時空魔法》の技能を上げていて本当に良かったと思うのはこういう瞬間だ。《時空魔法》のレベル上げは結構大変だったけど、これからも《時空魔法》を使って技能を上げていこう。

「結構集まった」

「とりあえず、一度帰るか」

「うん」

木材を集めるために伐採をしていたら、もう昼時になっていた。なので一度、家に戻って昼飯にすることにした。

またネノが《浮遊《フローティング》》で、街の近くまで飛ぶ。飛んだまま街に戻れば、騒がしいことになりそうだと思ったから。ただ、街の外から街に入ってもどちらにせよ騒がしかったのでそのまま戻った方が良かったかもしれない。

「あの綺麗《きれい》な男の子誰だろう？」

「一緒に家から出てきたらしいわよ」

人型のメルを見て、主に女性がきゃーきゃー言っている。確かに人型のメルは美少年と呼ぶのにふさわしい。中には男でもギラギラした目で、メルを見ている者もいた。……危ない趣味を持っている者もいるようなので気を付けてやろうと思った。メルは自分で何とか出来るだろうけど、万が一何かがあったら寝覚めが悪い。

そう思いながらじっとメルを見れば、

「ん？　どうしたの、レオ様ー」

とメルは男の視線に気づいていないのか、呑気《のんき》だった。

「気にするな」

「えー、逆に気になる！」

「気づいてないなら気にしなくていい。……メルは何か食べたいものあるか？」

「んーっとねぇ、あ、あの屋台のやつ食べたいかも!!」

話を変えたら、もう気にしなくなっているあたりメルである。

メルが目を輝かせて見ている屋台に視線を向ける。魚の串焼きの屋台のようだ。確かに美味しそうだ。家に戻って昼食を作ろうと考えていたが、折角なので屋台で食べるのもいいかもしれない。

「ネノ、屋台で食べ歩きするか？」

「うん。美味しそう」

「やったー。はっ、でも人間のルールだとお金がいるんだよね!? 僕、お金持ってない!!」

喜びの声をあげたメルは、すぐにお金を持っていないと悲痛そうな顔をする。人型のままそんな姿をさらけ出しているので、周りには庇護《ひご》欲に駆られているのか「お金、あげたい」とか呟いている女性陣が一部いる。顔が良いというのは得だなと思った。

「別に、メルの分ぐらい、出す」

「本当!? やったー」

「その代わり、キリキリ、働く。そのうち、お小遣いもあげる」

ネノの言葉に満面の笑みを溢すメル。ぐはっという声と共に、何故《なぜ》か鼻血を出した危ない人種も周りにいたようだ。……確かに人型のメルは美少年だが、そこまでのものなのかと何とも言えない気分だ。メルは周りを一切気にしていないのか、にこにこしているし。

ネノは周りの様子に気づいているみたいだけど、どうでもいいやと思っているみたいだ。

「じゃあ串焼き買ってくる」

「うん」

「わーい」

ネノとメルには近くにあった空いてるベンチを押さえてもらい、俺が屋台に買いに行った。屋台の店主はネノやメルと話したかったのか、少しだけがっかりしていた。

俺は気にせず、注文をした。店主もがっかりしていたとはいえ、接客態度が悪いとかそういうわけでもなかったしな。

魚の串焼きを買って、ネノとメルのもとへと向かう。注目は浴びているが、勇者であるネノに近づくのが畏れ多いと思っているのか話しかけてくる者はいない。

「美味しい！　レオ様、ネノ様、僕魚あんまり食べてなかったけど、魚も美味しいね」

「うん。美味しい」

「うまいな。さすが、漁業が盛んな街だ」

左からネノ、メル、俺と並んで魚の串焼きを食べる。さすが、海が近いだけあって鮮度が違うのか、とても美味しい。

「本当に美味しい……げほっ」

「ほら、メル、水」

美味しい美味しい、と食べていたメルは喉に詰まらせてしまったのか、げほげほしだした。《時空魔法》で取り出した水筒を差し出せば、水をごくごくと飲み、そしてぷはーと息を吐く。

「メル、慌てて食べちゃダメ。言ったでしょ？」

「……うん、ネノ様、気を付ける」

注意をするネノと、しゅんとしたメルは何だか姉弟《きょうだい》のようだ。

それにしても魚も取りに行きたい。店づくりを終えてからになるだろうけれど、新鮮な魚を《時空魔法》で保存しておきたいものだ。

「レオ様、ネノ様、僕、次あれ食べたい！」

魚の串焼きを食べ終えた後、メルが次の屋台を指す。沢山食べたいものがあるらしい。幾つかの屋台の料理をその後、食べ歩きする。どれも美味しいものばかりだった。

それから俺達は店づくりを再開した。

家の場所まで戻っても、相変わらずの視線で面倒だったので、視界を遮ることにした。ネノが魔法を行使して、まずは光の壁を作る。光属性の魔法によって生み出されたそれは、外から人が入ってくることを拒む。それに加えて、中の様子が見えないようにもしてくれた。

周りの声が聞こえないように、そして俺達の声が外に洩《も》れないようにもする。そうして、ようやく店づくりを始める。

まずは、土地を平らに整える。整えたら、土台となる部分の組み立てを始めた。木と木を組み合わせて、土台となる部分を作る。ネノが描いてくれた間取り図を元に大まかに作っていく。黙々と組み合わせていく俺とネノのことをメルがぼーっと見ていたので、「立っているぐらいなら手伝え」と言ったら手伝い始めた。ただ、勝手が分からないようで「えっと、僕どうしたらいいか分からない！」とか言っていたのでネノが教えていた。

それから床にする部分はネノが風の魔法で木材を切って、作りだしてくれる。床板を張って、壁の部分も整えていく。その間にメルがドアの部分を一生懸命作っていた。……何本か木を駄目にしていた。メルは不器用なのかもしれない。

その間に俺とネノはせっせと一階部分を作り終えていた。

「レオ、窓、何処にする？」

「ええっと、じゃあ、此処と、此処か。あとは風呂場にも作っとくべきだろう」

「うん。そして覗《のぞ》き防止のため、外からは見えないようにする」

「それがいい」

浴場は男風呂と女風呂で分ける。床と壁にはタイルを張ることにした。そのあたりのものは、以前家を建てた時の余りがあったのでそれを使う。

浴場に設置する窓は、ネノが外から覗きが出来ないようにしていた。

浴槽とトイレは、魔法具にしてしまって処理を楽にしようという話になったので、あとから設置することにして、ひとまず大まかな部分を作製した。

一階を作り終えたので、次は二階の組み立てを始める。客室として五部屋を作った。各部屋に窓を設置する。そしてそれと同じ工程で、三階部分は三部屋作製した。

「……レオ様もネノ様も、家作り、手際よすぎない？」

「前も作ったしな」

「うん。魔法使って、楽々」

基本的に俺やネノって故郷が田舎なのもあって自分でなんでも作ることが多かった。誰かに頼んで作ってもらうよりも、自分の手で作った方が自分好みの良いものが出来る。

それにやろうと思えば、俺やネノに作れないものってあまりない。そっちの方が便利だということで、自分達でなんでも作っている。

魔法を使いながら、一つ一つ組み立て作業をしていく。最後に屋根の設置を終えれば、大まかな形は出来た。

メルが作ったドアを設置して、後は内装の細かい所を作っていけばなんとかなるだろう。

「出来た」

ネノは満足そうな顔をしてにこにこしていた。こういうドヤ顔をしているネノも可愛い。

「僕、疲れた……」

「メル、そんなに動いてないだろ？」

「メル、慣れない仕事したから？」

「うん。僕、家作りとかしたことないから。それに細かい調整って苦手なんだもん」

メルは地面に座り込んでいる。

魔法の細かい調整がメルは苦手らしい。ドラゴン種って結構そういうのが得意な個体も多いって村長が言っていた気がするけど、メルはまだ子供だから苦手なのだろうか。店に設置する予定の魔法具作りに関してもメルに何かしらやってもらおうと思っていたが……、あまり調整が苦手なら他のことをやってもらった方がいいかもしれない。

　魔法具は少しでも間違うと、機能に支障をきたしてしまうものだから。

「とりあえず今日は此処までにしておくか」

「うん」

「明日から内装や、魔法具作りをしよう」

「うん。色々、作る。魔法具作りは時間かかりそう」

「家作るよりはかかるだろうな。どういう魔法具がいるかももっと考えないと。あ、そうだ、ネノ、もう障壁とか解除していいぞ」

「うん」

　ネノは俺の言葉に頷いて、障壁などを解除する。外からの声も聞こえないようにしていたから分からなかったが、障壁を解除した先にはそれなりの数の見物人達がいた。

「家が、出来てる!?」

「え」

　そんな声が聞こえてくるが、詮索されても面倒なので、ひとまず放置することにした。ネノと手を繋いで、家の中へと入る。その後ろを座り込んでいたメルが追いかけてきた。

「見物人沢山」

「皆、暇なのかな……」

「レオ様とネノ様が非常識なことばかりするからだよ！」

椅子に腰かけて一息ついていたら、メルにそんな突っ込みをされた。

それからその日は、食事をして、眠りについた。

明日は、内装や魔法具を作製していかないと。


宿を建てた翌日になってから、俺達は内装や魔法具作りを始める。もちろん、周りの煩わしい声が聞こえないように今回も処理がされている。

まず、作るべきものを挙げてリストにしていく。それから材料を集めて、少しずつ作っていくことにした。

「ネノ、俺はとりあえず台所作る。水とか勝手に出るように魔法具完備する」

「うん。私、お風呂いく。メルは？」

「ええっと、僕、魔法具とかあんまり作ったことないんだけど」

「作れないのか？」

「作れないの？」

「いや、作れないとは言ってない！　でもなるべく簡単なのを!!」

メルがムキになって言った。やっぱり魔法具作りは心もとないようだ。となると、簡単な魔法具か。簡単な魔法具となると、呼び鈴とか？　そのくらいならメルでも作れるだろう。

そう思ってメルに指示を出した。メルは頭を抱えていたが、とりあえず作業を始めた。本当に出来ないというのならば、メルはちゃんと言ってくるだろうからとりあえずメルのことは放置する。

さて、俺は台所の作製をしよう。

台所は食堂をするなら大きめにした方がいい。まずは蛇口に細工をする。魔力を込めたら水が出る仕組みにしたい。いや、それか魔力を貯《た》めておいてその分だけ水が出るようにした方がいいだろうか。

家では前者だし、そちらでも俺とネノなら問題ないが、仮に従業員を雇った場合は前者だと魔力が少なければ水を出すのも一苦労だ。後者ならば誰でも使える。うん、一応、後者で作ろう。

あとは、出した水をそのまま川に流すと汚れるので、処理をして流すような形で川と繋いでしまおう。蛇口はお湯も出せるように組み込むとして。

コンロに関しても、魔力で火がつく形にしよう。こちらも魔力を時折込めて、使う形にしよう。ああ、でも誰でも使えるとか、持ち運び出来るようにしたら盗まれるかもしれないからそれを出来ないように固定もするとして。それで三口ぐらいにしておけば、使い勝手が良いのではないか。

冷蔵庫は……なくても《時空魔法》の空間から取り出せばいいけど、一応作っておこう。冷蔵庫の入り口を繋いでしまえば、直接取り出すことも出来るし。適度に魔力を込めるか、冷蔵庫も。いや、それか魔石で魔法具の機能を継続させてもいい。どっちでも出来るように作るか。

食器の収納スペースなども作るとして――よし、大体、どんな風に作るか大まかにイメージが出来た。

紙にどんどんそれらの情報を書き加えていった。さて、やるか。

それから俺は台所を作ることに時間を費やした。さすがにただ家具を作るだけではなくて、魔法具の作製なので時間がかかった。

材料を調達するために、街の外に出たりしながら少しずつ台所を完成させていく。

魔法具を作る場合は、魔法陣を組んで細かい調整をする。少しでも間違えると違う機能を発したり、そもそも何も起きなかったりする。蛇口には〝魔力を水に変える〟、〝魔力をお湯に変える〟、〝蛇口をどれだけひねるかによって水量の調節をする〟といった魔法陣を組み込んだ。片方の蛇口をひねれば水が出て、もう片方の蛇口をひねればお湯が出る。複雑な魔法陣だが、上手く調整出来た。水が流れ落ちる排水部分は直接どこかに流すのではなく、水瓶を作りそこに貯める。その底の部分に〝貯まった水の浄化〟と〝浄化した水を川へと移動する〟という魔法陣を組んだ。蛇口の下の収納スペースも俺の好みで作製していった。

コンロの部分も、《時空空間》にあった鉱石などの素材を使いながらそれらしい形に整えたり、〝魔力を火に変える〟、〝どれだけの魔力を火に変換するかの調節〟が出来るように魔法陣を組んだ。また火事防止のために、異常事態では炎が消えるようにもする。

冷蔵庫は、冷凍部分と冷蔵部分で分けて、効果が継続するように作った。ひとまずは魔力を時々込めて冷やす形にする。冷蔵庫は使っている最中に冷えなくなってしまったら中の物が駄目になってしまうだろうから、どれだけの魔力が残っているか分かりやすくした。

あとからパンを焼く設備や米を炊く設備も必要だと考え、台所は大きく作った。

それから食器棚を作製し、並べていく。

これで大体が完成した。いい出来だ。家を建てた時よりも、魔法具作りに慣れてきたからか、以前より時間が短縮出来た。また性能もこちらの方がいいだろう。家の方の魔法具も、そのうちもう少し良いものに新調しようと思った。

台所が大分出来たので、ネノとメルの様子を見に行く。

「お風呂、大体、完成。まだ、全部じゃないけど」

「さすが、ネノ」

ネノは男女それぞれの風呂場を大体完成させていた。水が貯まる仕組みと、洗浄する仕組み、あとはシャワーも作っていた。あと換気のための設備も設置していた。あ、俺台所に換気のための設備を作り忘れてた。あとで作っておかないと。

二人でメルの様子を見に行く。

メルは呼び鈴をなんとか完成させて、正面の扉に設置していた。上手く音が鳴って、ご機嫌な様子だった。もう少し早く作れればいいのだが。まぁ、褒めてほしそうだったから褒めておいた。

*

台所や風呂場などを整えた翌日、俺達は次の作業に取り掛かろうとしていた。内装がまだまだ十分な出来ではないのだ。こんな状況で、宿屋を開業することは出来ない。

「さて、今日もやるか」

「うん」

「僕も頑張る！」

俺の言葉にネノとメルが答える。ネノもメルもやる気満々である。やるぞ、と気合を入れているネノは本当に可愛い。

「レオ、にこにこしてる」

俺のネノが可愛くて仕方がなくて、見ているだけで表情筋が緩んでしまう。

「もー、朝からいちゃつかないの！　お店づくりするんでしょー」

二人で笑い合っていたら、人型で作業しているメルにそんな風に言われたので、早速店づくりの続きを始める。

昨日の段階で台所やお風呂場などは整えたが、まだまだ作らなければならないものは沢山ある。まずは食堂の机や椅子を作ろうと考えている。以前伐採してきた木の余りを使って、丸太を魔法で加工していく。こういう時って本当に魔法って便利だと思う。

ネノとメルは客室の家具の製作を開始している。二人は二階に上がって作業を始めたので、俺は食堂にする予定の場所で一人黙々と作業をしていた。

テーブル席とカウンター席を作製する。また子供用の椅子なども作製しておく。幅広い客層に対応出来るよう、作っておいて損はないだろうと思ったからだ。

机と椅子を作製した後は、食堂脇にトイレを作っておくべきだろうとトイレの作製を始めた。トイレは水で流せるタイプの魔法陣を組み込む。そのまま放出するわけには行かないので、きちんと浄化するようにも設定しておく。これも誰でも出来るように魔石の補充で出来るようにしておく。あとはトイレにも換気のための設備を作っておく。そして鍵ももちろん設置する。男女それぞれのトイレを一階に作り終え、俺は達成感に満ちていた。

あとは時計も――これも魔法具で作っていいだろうと、さっさと魔法具として作った。一階の大体の設備の作製が終わったので、俺はメルとネノの様子を見に二階へ行った。二階の大部分の家具を二人は作り終えていた。三階はまだのようだけど、良い雰囲気の客室になっていると思う。

設置されている家具はベッド、ランプ、棚、机、椅子といった簡単な家具である。床にはカーペットが敷かれている。布団などはまだ用意されていないが、ベッドの大きさも広々としていて寛《くつろ》げそうな客室になっていると思う。寝ようと思えば二人で寝られるようなベッドだ。

「頑張った」

ネノがそう告げて褒めてほしそうにこちらを見ていたので、奥さんの望むままに頭を撫でた。「さすが、ネノ」と口にすれば、嬉しそうに笑っていた。ついでにメルも褒《ほ》めてほしそうだったので、一緒に褒めた。メルも嬉しそうだった。

そうこうしているうちにすっかり昼時になっていた。

昼食を抜くという選択肢はないので、一旦外へ食べに行くことにした。俺が作ってもいいのだが、折角なのでこの街で美味しいお店を開拓したいというのもあった。俺もネノも食べるのが好きなので、新しい味や新しい料理に出会いたいという気持ちもある。

「ネノ、食事行こう」

「うん」

「美味しいもの食べたい!!」

メルも人間の食事を今までそんなにしてこなかったらしいが、すっかり美味しい食事の魅力に取りつかれているようだ。その口からは涎《よだれ》が垂れている。って、作ったばかりの宿に垂らすな、と慌ててハンカチでメルの口を押さえた。

三人で街に繰り出す。

今日も周りからの影響がないように、魔法で家の周りを隔離していた。その魔法を解いたら、何だか騒がしい団体が視界に入る。

白銀の鎧《よろい》を身に纏《まと》った集団――、村にもやってきたあの騎士達と同じ連中のようだ。ただその中に一人、普通の騎士の鎧よりも華美なものを身に纏っている男がいた。

「ネノフィラー!!　探したぞ!!」

ネノの名を呼んで、声をあげるその男は金色の髪をしていた。なんかこう、全体的にキラキラしている。見るからに王侯貴族といった風体のその男は、腰に剣を下げていた。

「ネノ、これ、誰？」

「第二王子」

「ああ、第二王子か」

ネノの名を呼んでいるから勇者をしていた頃のネノの知り合いだろうと思っていたが、これが第二王子か。

第二王子、テディ・アリデンベリ。

剣術と魔法共に優れており、魔王退治を達成した勇者パーティーの一員。ネノが俺と結婚していると幾ら言っても信じなかったようだが……。この第二王子、何しに来たのだろうか。

「第二王子、何の用？」

「ネノフィラーよ、テディでいいと言っているだろう!!」

第二王子はネノに向かって、満面の笑みで話しかけている。なんとも温度差が激しい。ネノは名前すら呼んでいないので、第二王子には大して興味がないのだろう。何という一方通行。元々ネノが他の男に目移りするはずがないと心配はしていなかったけど、この様子を見ると余計に安心する。

ネノは面倒そうに第二王子を見ている。そんなネノにキラキラした目を向けている第二王子。

「なんで、第二王子、名前で呼ばなきゃ？　というか、何しに来たの？」

「我が花嫁を迎えに来たのだよ。ははははっ……げほっ」

そう言って高笑いをしていた第二王子は急にむせて苦しそうにしている。うーん、中々変な男なのかもしれない。

「テディ様！　勇者様はテディ様の花嫁にはならないと言っていたとちゃんと告げたでしょう！何故花嫁にする気満々なのですか！」

「というか、大丈夫ですか？　わざわざグリフォンに乗って直行なんてするから、そんなに顔色悪いんですよ！」

周りの騎士達はちゃんとネノが第二王子の花嫁にならないことは告げているようだ。というか、来るの早いなと思っていたらグリフォンに乗って直行してきたのか。まぁ、王族なら私用で使えるような魔物がいてもおかしくはないか。

「何を言う。ネノフィラーは我が花嫁に……うえっ」

……グリフォンで直行してきて、少し酔っているようだ。吐きそうになっている第二王子の近くにいた騎士が慌てて紙袋を渡している。

ネノは面倒そうな目を相変わらず向けている。メルは「殺す？」とか物騒なことを呟いていた。許可出したらメルは躊躇《ためら》わずに殺してしまいそうだ。とりあえず王族を殺すと面倒そうなので、メルを止めておく。

「第二王子、私は第二王子の奥さんならない。何度も言った。私、旦那さんいる」

「旦那？　何処にそんな男が」

「此処に」

ネノが「はぁ」とため息を吐《つ》いて、俺の手を取った。そこでようやく第二王子は俺を視界に留《とど》める。……というか、ずっと俺、ネノのすぐ隣にいたのだが、第二王子はネノしか見ておらず俺のことを認識していなかったようだ。

ネノが俺の腕に手を絡めて、べたっとくっつく。うん、可愛い。

「その男が旦那だと？　冗談だろう？　勇者であるネノフィラーにはそんな何処にでもいるような男などふさわしいはずがない！　勇者にふさわしいのは俺のように血筋も強さも美しさも全て備えている者なのだ！」

うお、凄い自信満々に言い切った。この第二王子、どれだけ自分自身に対する称賛にあふれているのだろうか。正直、こんなに自画自賛が激しい人間を初めて見たから驚いた。

「レオのがかっこいい」

「なぬっ？」

「レオは世界一かっこいい。第二王子と比べるまでもない」

むっとした顔をしてそう言い切ったネノがあまりにも可愛くて、思わず頬が緩む。好いている相手にかっこいいと言われると嬉しくてたまらなくなるのも当然だろう。

「ネノも、可愛い」

「……レオ」

「世界で一番可愛い。俺のお嫁さん」

「……嬉しい」

あまりにも可愛いから、見つめ合ってそんな会話をしてしまう。じーっと見つめてくるネノは口づけを待っているように見えた。本当、可愛い。

普段、あまり表情を変えないネノの熱っぽい瞳は俺をときめかせる。

思わず口づけを落とそうとしていれば、

「レオ様もネノ様も、何キスしようとしてるの!? 周りの目を気にしようよ!!」

「なななななっ、ひ、人前で口づけなんぞ、破廉恥な!!」

メルと第二王子に叫ばれた。

というか、第二王子、顔が赤かったりするけれど、もしかしたらキスとかしたことないのだろうか？ 異性の経験がないのかもしれない。

「もー、隙あらばちゅっちゅって、そういうのは二人の時にやればいいんだよ!! この変な人間の言う通り、破廉恥だよ!!」

「お、俺が変な人間だと!?」

「変な人間だよ!! ネノ様はレオ様とラブラブなのに、花嫁にするとか馬鹿なこと言っているし、

妙に自信満々だし!!」

「なんだとっ!? 貴様、子供だからといって、言っていいことと悪いことがあるのだぞ! 俺が誰よりも素晴らしいのは世界の常識だろうが!!」

「ふんっ。ネノ様とレオ様を困らせる変な人間とか、僕、嫌いだもんねー! それにレオ様の方が凄いんだから!!」

「なんだと!? 何を言う。この俺より素晴らしい人間などそうそういるはずがなかろう!!」

「レオ様の方が絶対、変な人間よりも強いもん!! レオ様はネノ様と一緒で訳の分からないことばかりやってるし、普通なんかじゃ全然ないんだからね!!」

「なんだと!? この俺より、その男が強いだと!?」

「強いに決まってるじゃん! だって、レオ様だよ?」

俺とネノはそっちのけで、メルと第二王子が言い争いを始めていた。メルが人間の姿になっているからか、第二王子はメルがドラゴンだと気づいていないようだ。

言い争いをしていた第二王子は、ものすごい形相でこちらを見る。

「ええい、そこまで言うなら俺と戦え!! 俺の方が強いということを証明してみせよう!!」

そして、そんな風に叫ぶのであった。

「俺が貴様の魔の手からネノフィラーを救ってみせる!」

そんなことを言ってくる第二王子。魔の手って、俺のことを何だと思っているんだろうか、この第二王子は。

やっぱり思った通り、第二王子は変な男なのだと思う。

第二王子の中では、俺がネノと第二王子の仲を引き裂いている悪役にでも見えているのかもしれない。

周りの騎士達は、「テディ様！　魔王討伐のメンバーである方が一般人に喧嘩《けんか》を吹っ掛けるなんて、大人げないですよ!!」とか、「テディ様！　陛下に叱られますよ！」と止めていたが、第二王子は聞く耳を持たなかった。最終的に騎士の代表者には「すまない、テディ様の相手をしてもらっていいか？　怪我《けが》をした場合は責任を持ってこちらで治療をする。それに負けたとしても勇者様と別れる必要はない。テディ様はあんな風に言っているが陛下は勇者様の意思を無下にしようとは思っていないのだ」と言われた。

この第二王子、大分、周りに迷惑をかける馬鹿なタイプのようだ。この代表の騎士が言うには、こんな第二王子だがただ馬鹿なだけで悪い人間ではないらしい。それにしても、俺が負けると信じ切っている様子は何だかなぁと思う。まぁ、普通に考えれば勇者パーティーの一員として魔王退治をしたテディ・アリデンベリに勝てる人間はそうそういないだろう。俺はネノに置いていかれないためだけに強くなったから負ける気はしないけど。

ネノに無様な姿は見せたくないっていうのもあるし、負ける気はない。ネノなら俺のかっこ悪いところを見ても受け入れてくれるとは思うけど、やっぱり好きな子の前ではいつだってかっこよくありたいのが男ってものだろう。

腰に下げた長剣を引き抜く。

これは俺自身の手で打ったものだ。生まれ育った村には腕の良い鍛冶《かじ》師というのはいなかったから、自分で打とうと学んだ。ネノの剣も大体俺が打ってる。まぁ、勇者に選ばれてからは《勇者の剣》という能力が手に入ってそちらも使っていたようだけど。

正直、剣を使わなくてもなんとかなるとは思う。ただ、ネノに手を出そうとしている男なわけで、折角こうして舞台を整えてくれたわけだし、叩《たた》きのめそうと思った。向こうから吹っ掛けてきた喧嘩だし、王族相手だろうと馬鹿なことを言う相手をどうにかするのは当然である。

「ネノフィラーよ、俺の活躍を見てくれ！　こんな男倒してやるからな」

第二王子はそんなことを言ってネノの方を見るが、ネノは第二王子に何も言わない。ただ俺に向かって、「レオ、やっちゃって」と口にしただけだった。ネノの隣にいるメルは「レオ様が変な人間に負けるわけないじゃん。バーカ！」と何だか挑発している。

第二王子はそれに激高した様子を見せて、長剣を引き抜く。優秀な鍛冶師が作り出した剣だと一目で分かる。魔王討伐にもこの長剣を使っていたのかもしれない。

まぁ、相手がどんな武器を使っていようが正直関係ないけど。

第二王子は確か、魔法も剣術も相当の腕を持ち合わせているはずだ。性格がこれだけ変だとは知らなかったが、勇者パーティーの一員として活躍したのもあって実力は噂《うわさ》通りだろう。

第二王子と俺の決闘が始まった。

「我が名において、赤き炎を生み出したまえ。《火炎弾《ファイヤーブレッド》》」

第二王子の詠唱により、魔法が完成する。

現れたのは、無数の小さな炎の弾だ。相手を燃やしつくすような熱量を持つそれらが、数十ほどその場に存在している。それを見て騎士達が「テディ様!?　一般人に何を本気に！」「止めないと死んでしまうのではっ」と声をあげていたが、ネノに「大丈夫」と止められていた。

その魔法が俺に一斉に向かってくると同時に、第二王子は地面を蹴って、俺に襲い掛かる。

うん、魔法をこれだけ使いながら向かってくるというだけでも第二王子は腕が立つというのは事実なのだろう。魔法を上手《じょうず》に使える者でなければこれだけの数の《火炎弾《ファイヤーブレッド》》を暴走させずに制御するのは難しい。基本的に魔法使いと言われる人種は魔法を使っている間は、こんな風に動くことが出来ない。他に気を取られれば魔法の暴走が起こることが多いからだ。

数十個の魔法を向けられても、第二王子がとびかかってきても俺は焦っていなかった。まずは、魔法を全てもらってしまおうと《時空魔法》を行使する。弾の数だけの空間を生み出して、その中に《火炎弾《ファイヤーブレッド》》をしまう。

とびかかってきていた第二王子は「は!?」と声をあげたが、それでも止まらずに俺に剣を振り下ろす。それを自分の長剣ではじく。はじいた後は、スピードを上げて剣を繰り出す。そうしていれば、第二王子は徐々に余裕がなくなっていく。

俺が大きく剣を振りかざせば、第二王子は体勢を崩した。そんな第二王子を右足を出して転ばせる。そして、尻もちをついた第二王子の首に長剣を突き付けた。

「俺の勝ちで、いいですよね？」

声をかければ、第二王子は信じられないといった表情を浮かべた。

ぽかんとした表情をしていた第二王子は頷く。それを確認して、俺は長剣をしまった。

それからネノの方を向く。ネノとメルは俺の方へと近づいてきた。

「レオ、さすが。かっこいい」

「レオ様さすがだよね!!　ふふふん！　変な人間、ざまーみろ!!　レオ様は強いんだからな」

嬉しそうなネノは可愛いけど、メルは挑発するのやめようよと思ってしまう。何で戦った俺じゃなくてメルが自慢げにしているんだか。

「テディ様が負けた!?」

「……あれだけ魔法を使いこなせるなんてっ」

「テディ様に勝てるなんてっ。さすが、勇者様の夫と言うべきなのか」

周りの騎士達は騒いでいるし、見物人達も煩い。とりあえずネノに手を伸ばして、「負けるわけないじゃん」と口にして頭を撫でる。撫でられたネノが気持ちよさそうで可愛い。

俺は昔から普通とは違うネノに置いていかれたくなくて頑張ったんだ。その結果が、今の俺だ。頑張り続けたからこそ、ネノが俺のお嫁さんになってくれたし、今の俺がいる。本当にずっとネノを追いかけ続けて良かったと思ってならない。

「はっ」

変な声が聞こえたと思ってそちらに視線を向ければ、声をあげていたのは茫然《ぼうぜん》としていた第二王子だった。ようやく正気に戻ったらしい。

何か面倒なことを言い出さなければいいが、と思っていたら第二王子と目が合った。

「俺が負けただと!?　なんだ、あの魔法はっ!!　俺に勝つとは、貴様、凄いな!!」

……言いがかりをつけられるかと思えば、何だかキラキラした目で見られた。

何だか予想外の反応で、意味が分からない。この第二王子、やっぱり変な男な気がしてならない。

「レオ様は凄いんだぞー!!」

そしてなんで、メルが自信満々に返事をしているかは不明だ。美しい見目の少年姿のメルがにこにこと得意げに笑っているからか、見物人達がきゃーきゃー言っている。

「うむ。凄いな。俺に勝つとは、なんという実力よ！　あれは《時空魔法》か。俺の魔法に対してあれだけの《時空魔法》を使えるとはびっくりだぞ!!」

「ふふん!!　レオ様の《時空魔法》は凄いんだよ!!」

「うむ。凄いものだ。これだけ強い男がいるとは俺は思わなかったからびっくりした。こんな風にあっさり負けてしまったのはネノフィラーにやられた時以来だ」

「変な人間、ネノ様とも戦ったの？　なんて身の程知らず。ネノ様にもレオ様にも勝てるわけない

じゃん。二人は凄く強くてお似合いなんだから。変な人間が間に入る隙間なんてないんだから
ね!!」

「……うむ。これほどの使い手ならば、仕方がないだろう。敗者が勝者に文句を言えるはずもない。
それより、あの魔法とか、剣技とか、どうやって身に付けたのだ!?」

……なんだろう、第二王子とメルって結構気が合うのではないか? そして思ったよりも簡単に引き下がるか。なんだ、負けた相手には文句を言わないところは潔いと思う。そしてあれだけ突っかかってきたくせに負けたからと、キラキラした目で色々と聞いてくるのは不思議だ。

「どうやってもなにも、ネノに置いていかれないように頑張っただけです」

「うむ? 貴様はネノフィラーとは昔からの知り合いなのか? ネノフィラーは昔からこんなに強かったのか!? 俺よりも強い存在が二人も揃《そろ》うなんて面白いぞ!!」

「第二王子、レオのこと、貴様貴様言わないで。レオにはレオニードって、かっこいい名前ある」

「おう。ネノフィラーの旦那はレオニードというのか!! レオニードよ、もっと先ほどの戦いで見せた技について語ろうではないか!!」

語ろうではないかって、俺、全然返事してないんだけど。……というか、この第二王子、ネノのことが好きじゃなかったのか? 案外すぐに引き下がっているし。

「……えーと、その前に、第二王子様は」

「テディで良いぞ! 俺に勝ったんだから敬語もいらん!!」

王族なのに、勝ちさえすれば呼び捨て、ため口でいいらしい。さん付けで呼ぼうとしたらしゅんとした顔をされたので、いいのかなと思いながらも呼び捨てとため口にする。

「ネノのことを好きだったんじゃ？　簡単に引き下がるのはなんで？」

「ネノフィラーは俺の伴侶としてふさわしいとは思っていたぞ。見た目も美しいし、何よりも強い!!　俺よりも圧倒的に強くて、魔法も武器の扱いも全てが俺より上だろう！　こんなに強くて美しい存在ならこの俺の花嫁にふさわしいと思ってただけだ！　俺より弱い奴がネノフィラーの旦那とか許せんと思ったが、レオニードは俺より強かったからいいのだ!!」

……テディってちょっと頭が働かないタイプなのかもしれない。何よりも自分より強いことが結婚相手を決める第一条件にしているようだ。恋愛的な好きというより、自分より強いからふさわしい！　という感じなのかもしれない。

自分より強いネノは花嫁にふさわしい。ネノの旦那が弱いなら認められない。でも強かったから認める。って感じの思考？

「変な人間、馬鹿でしょー」

「なっ、馬鹿とは何だ。俺にはテディという名がある！　しかも、貴様はさっきから無礼だが、何者だ？」

「僕はメルだよ。ネノ様ともレオ様とも仲良しなんだよ!!　無礼とか知らないし。僕、人間の序列とか興味ないもんねー」

「なっ、なななな、貴様、勝負だ!!」

「ふん！　受けて立つよ!!」

そして、気づけば何故かメルとテディが戦うことになっていた。まぁ、メルがテディに勝てば、色々と煩わしいことがなくなりそうだし、まぁいいかと見守ることにする。

騎士達が子供とやり合うなんて大人げない!!　とか騒いで、テディを止めようとしているがそれは俺とネノが止めた。

幼体とはいえ、ドラゴンであるメルが負けるとは思わなかったので、俺とネノはのんびり見学することにした。

「むっ、変な人間、結構やるね！　でも負けないもんね、えいっ」

「なっ、貴様、子供の癖にそれほどの魔法を使うなんてっ」

「ふん！　さっさと倒れちゃいな!!」

メルとテディは魔法対戦を繰り広げている。魔法以外をメルが使っていないのは、人間であるテディを殺さないようにするためだろう。幾らテディが実力者だとしても、ドラゴンのメルを相手にするのは厳しいだろうし。

それにしても、メルとテディは案外、似ている気がする。

「あ、メルの魔法、第二王子はじいた」

「魔法の腕結構あるよな」

「まぁ、一応、魔王討伐のメンバーだし」

のんびりと二人で見守っていたら、テディがメルの魔法を受けて膝をついた。

「ふんっ、僕の勝ち!!　ねぇ、レオ様、ネノ様、見てた!?　僕、勝ったよ!!」

メルは俺達の方を向いて、それはもう嬉しそうに頬を緩めていた。無邪気に喜んでいるメルをよそに見学していた騎士達は「テディ様が子供に負けた!?」「あの子供は何なんだ」とか騒いでいる。

子供の姿をしているメルにやられてしまった事実にテディはしばらく茫然としていたようだが、すぐに正気を取り戻し、立ち上がるとメルに詰め寄った。

「なんだ、貴様——メルと言ったか、子供だというのにそれだけ魔法が使えるとはどういうことだ!?」

「うわっ、変な人間、急に近づいてくるな!!」

「変な人間などと呼ぶな。俺はテディだ。俺に勝てる子供など面白い。なぁ、どんな風に鍛錬を積んだらあれだけの魔法が使えるんだ!?」

勢いよく近づかれて、メルは少し怯《ひる》んだようで情けない表情を浮かべている。よく考えればメルって基本的に俺とネノ以外の人間と深く関わったこともないし、こんな風に勢いよく近づかれて驚いてしまったのだろう。

キラキラした目でメルに迫るテディを前に、メルは逃亡を決意したらしい。勢いよく走り出し俺の背後に回ると、俺の背に隠れながらテディを威嚇する。

「へ、変な人間、急に近づいてこないでよ!!　なんなの、お前、本当に変だよ!!」

「変な人間ではなく、テディと呼ぶが良い!!」

「第二王子、メル、虐《いじ》める、駄目」

テディが暑苦しい勢いのままにメルに迫っているので、思わずネノが止めていた。

それにしてもテディはおかしな人間だと思ってならない。

「ネノフィラーよ、俺は虐めなどというかっこ悪いことはしない。それより、メルは何者なのだ？　こんなに幼いのにこれだけ強いなどと……っ」

「メルは私達の、弟みたいなもの」

ドラゴンなどと口にすれば、テディが騒いでめんどくさいとでも思ったのかネノはただそんな風に口にした。

「ネノフィラーとレオニードの弟みたいなものだと！　それはなんと面白い。あと、レオニードよ、レオニードについて教えてくれ!!　もっと語ろうではないか」

あ、こっちにまた興味が戻ってきた。なんて考えていたら、ぐぅううううという腹の音が聞こえてきた。その音が響いた後、瞬時にテディの顔が赤く染まる。どうやらテディはお腹《なか》がすいているようだ。

「お、俺の腹の音などではない。俺では断じてないのだからな!!」

何故、バレバレの嘘《うそ》をつくのかは分からない。ごまかしたいのかもしれない。

「テディ、何かご飯食べるか？」

「なんだ、用意してくれるのか!?」

俺が提案すれば、テディは目を輝かせた。王子なんて立場であるのに、簡単に食事を人に用意させていいのだろうかと少し呆れた。ネノは俺の考えていることが分かったのか、「第二王子、毒とかの耐性強いみたい」と言った。魔王退治の旅の間も、毒見とかなしにバクバクなんでも食べていたらしい。

「レオ様、こんなのに食事用意するの!?」

「まぁ、腹が減ってるみたいだからな」

ネノと結婚するとか言ってはいたが、ただちょっと頭が働かないだけで悪い奴ではないのだろう。

それに魔王退治の間のネノのことを本人以外から聞くのもいいかもしれないと思ったから。

あと、丁度食事を取ろうとしたタイミングでテディ達はやってきたから俺もお腹がすいている。

この面子《メンツ》で街に繰り出しても目立って面倒だと思った。

とはいえ、家に入れる気はしなかったので作製途中の宿の中へと案内する。ついでにテディについてきた数名の騎士達も一緒に入れた。そのあと、また魔法でこの場を隔離する。

「おおっ、この建物はなんなのだ!?」

「宿屋をやろうと思って作製中。いいから座れ」

宿の中へと足を踏み入れて目を輝かせるテディにそう言えば、大人しくテディは椅子に腰かけた。

メルも「レオ様の料理！」とにこにこしながらテディの真正面に腰かけているし。さっきまでメルは驚いて距離を置いていたのだが、もうそんなことは忘れたと言わんばかりにテディの近くに座っている。騎士達も恐る恐る腰かけ、「お世話になります」と口にしていた。《時空魔法》で材料を取り出してから、作ったのは簡単な野菜炒《いた》めや唐揚げだ。米はそこまでの量の手持ちがないので、パンを焼いた。

昼食づくりはネノも手伝ってくれた。こうやってネノと一緒にキッチンに立ってると何だか夫婦って感じをより一層実感して、嬉しくなった。

食事を作っている間に、待ちきれないテディの腹がまた鳴ったりしていた。メルに「またお腹鳴ってるし」とからかわれていた。食事を作っている間にメルとテディは何だか仲良くなったようだ。

食事を出せば、テディとメルは、喜んでどんどん口に運んでいた。とはいえ、テディはさすが王子と言うべきか、食事をする所作はとても綺麗だった。

「レオニード、美味しい料理も作れて、強いとか、凄いな!!」

「ふふんっ。テディ、レオ様は凄いんだよ!!」

何故かまたテディの発言にメルが自慢げだった。ネノも「私のレオ、凄い」とにこにこしていた。

俺のことを口にしてにこにこしているネノは本当に可愛い。

食事を取って、しばらく色んな話をした。魔王退治の旅におけるネノについても聞いた。その後、テディは「宿を開くのだなっ。ではまた食べにくるぞ。レオニードの料理は美味しかった！」と口にして騎士達を引き連れて帰っていったのだった。

王子が王都に帰ってから、俺達は店づくりを再開した。そして一週間ほど経《た》つ頃には、満足のいく店が出来上がっていた。


「一通り出来たな」

「うん」

「後は食堂用の食材とかは集めに行かないとか」

「うん。……あと、お店やるなら、商業ギルドで商人登録した方がいい」

「ああ、そういえばそうだな。この街で店をやるなら登録が必要か」

「うん」

「宿の名前も決めないと」

「うん。それも。あとは、給仕服とか」

「ネノの給仕服かぁ、絶対可愛いだろうな」

「ふふ、レオが可愛い、言ってくれるの嬉しい」

「だって俺のネノは可愛いから。俺にとっては他の誰よりも可愛い」

「レオも、私にとっては、誰よりもかっこいい」

俺とネノは、宿の中を見て回りながらそんな会話を交わす。ネノにかっこいいと言われるとやっぱり嬉しい。いつまでもネノにかっこいいって言われる俺でいたいと、そう思うからこそ俺は何でも頑張ろうと思うんだ。

ネノに好かれているからって、自惚《うぬぼ》れて頑張ることをやめたらネノに愛想をつかされてしまう気もするし。何よりネノにふさわしい俺でいたいっていうのもある。

俺の前では表情豊かで、これだけ無防備なネノ。本当、俺はネノのことが可愛くて仕方がない。

『レオ様、ネノ様――って、またいちゃいちゃしてる!! 不備がないか確認するって言ってたのに、なんでいちゃいちゃしてるの!?』

ドラゴンの姿で翼を羽ばたかせてやってきたメルは、俺達を見て声をあげた。ちなみに街では人型を取っているメルだが、家の中ではどちらの姿にもなっている。今はドラゴンの姿だ。

「メルも、嫁が出来たら分かるぞ。自分の嫁は、世界で一番可愛くて愛《いと》しいからな」

『よ、嫁とか、僕まだ成体じゃないから!! 番《つがい》とか作るのは、成体になってからだからね!? ネノ様もにこにこしてないで!!』

俺の言葉にメルが頬を膨らませる。将来的にメルがどんな相手と子を成すかは気になるけれど、俺達は長生き出来ないから見られないだろう。まぁ、この先俺達の子供達がメルと共にあるのならば見ることになるだろう。

『ほら、今から出かけるんでしょ?』

作り終えた店内を確認する限り、今のところ家具や魔法具に不備はなかったので、あとは商業ギルドで登録をするだけだ。生まれ育った村には商業ギルドとかなかったし、ギルドに登録するのは初めてだ。

「ネノ、メルも煩いし行こうか」

「うん」

『煩いしって、ひどい、レオ様!!』

「はいはい。メル、外行くから一旦、人型になって。ドラゴンの姿だと目立つ」

メルは俺の言葉に従って、人の姿に体を変化させた。

それから、俺達は商業ギルドに向かうことにした。

「というか、レオ様とネノ様、なんで商業ギルドに登録するのに冒険者ギルドには登録しないの？」

「冒険者ギルドに登録する必要はないだろ。俺もネノも冒険者をやるつもりはないし。元々、店をやろうと決めてたしな」

「冒険者、興味ない。お店、楽しそう。レオと夫婦でやる宿、有名にする」

俺とネノは手を繋いでいる。メルはその隣を歩いている。相変わらずネノもメルも周りから視線を向けられていた。それにしても人型になれるドラゴンって、全員が全員メルのように見目麗しいのだろうか。少しだけ気になった。メルの母親の所に行けたら人型になった姿見せてもらおうかな。

「商業をやるなら商業ギルドで登録していた方が色々便利なんだよ。売上や実績で商業ギルドの中でランクを上げることも出来るし。俺達が行きたい場所に店も持っていくつもりだけど、お遊びでやるつもりはないからな。やるからには徹底的に、どうせなら誰もが知っている宿にした方が面白いし。ネノも言っていたけど、夫婦でやる宿として有名になるのもいいなと思ってる」

　商業ギルドに登録をすれば、メリットとデメリットがある。

　メリットは商業ギルドに登録をして、ランクを上げていくことで、店に対する信用が上がる。ランクの高い宿になれば、それだけ客からしてみれば泊まってみたい宿ということになる。商業ギルドで発行している雑誌に名前を載せることも出来るし、お店で割引が出来たり、利点がある。デメリットとしては、売上の一部を商業ギルドに渡さなければいけないことや商業ギルドのルールに従わなければならないことなどがある。

　店をやっている者はほとんどが商業ギルドに登録をする。行商人とかも。行商の最中に荷物が失われた場合の補填《ほてん》などもしてくれるから。商業ギルドに登録をしていない商人は大体が後ろ暗い商売をやっていたりする。

「私とレオ、有名になる。メルは、マスコット」

「マ、マスコット!?　なんなの、それ。僕、一生懸命やるよ!?」

「小さい子が、一生懸命。きっと、メルは可愛がられる」

　ネノはメルがマスコット的な立場になりそうなどと口にしていた。メルがやってきたお客さんに可愛がられている姿は容易に想像が出来た。

「それ、僕、役に立てるってこと？」

「うん。メル目当ての人も来そう」

「僕目当て？」

「人の姿のメル、可愛い顔してるから」

「もー。僕は雄だって言ってるじゃん!!」

そうは言うものの、メルが可愛い顔をしているのは事実である。多分、宿を始めてメルが給仕などの手伝いをしてると知ったら、今もメルに熱い視線を向けている連中はやってくることだろう。

そんなことを話しながら歩いていれば、商業ギルドに到着した。

商業ギルドの中に入ると、騒がしかった場が一瞬で静まった。

やはり、勇者であるネノは目立つ。まぁ、俺もこの街ではそれなりに有名になっているだろうけど。とはいえ、やはりネノのネームバリューには勝てないだろう。

俺達は視線を感じながらも、商業ギルドのカウンターへと向かう。

一々視線を気にしていたらやってられない。

「すみません。登録したいんですけど」

「はっ……」

空いているカウンターへまっすぐ向かえば、固まっていた女性が動き出す。まさか、声をかけられるとは思わなかったとでもいうような態度で、女性は挙動不審だ。

「勇者様達が、と、登録とは」

「店をやろうと思ってるの。だから、登録。お願い、します」

「お、お店ですか。えっと、か、かしこまりました」

ネノに話しかけられて緊張でもしているのか、女性は何度もつっかえている。手続きの用紙を取る手は震えている。大丈夫だろうか。

あと視線を向けられているのはどうにかならないものか。彼らも何か用事があって商業ギルドに来ているだろうに。俺達のことを見る暇があるのならば、自分の用事を済ませればいいのに。

「こ、この用紙に必要事項を記入していただきたいのですが」

手を震わせながら女性は、用紙とペンを差し出してくる。

……震えるあまりにペンを落としてしまっている。そうしていれば、奥から誰か出てきた。その人は女性の後ろまでやってくると、「すまない。勇者様方、奥の部屋で手続きをしてもらってもいいだろうか」と困ったような顔で言った。その男は、青色の髪を持つ、細身の男だった。

俺とネノは顔を見合わせて、頷いた。

「そうします」

ネノがそう答えれば、その男は安心したような表情になった。そして俺達を奥の部屋へと案内するのであった。

通された部屋は、商業ギルドのギルドマスター室だった。

この男性がこの街の商業ギルドのギルドマスターらしい。顔も名前も把握していなかったので、案内された部屋のドアに『ギルドマスター室』と書かれていて驚いた。ギルドマスター室には、机やソファがあり、腰かけるように促されて、俺達は並んでソファに座った。

「すまない。通常ならカウンターで手続きをするのだが……」

「構いません。ただ、どうしてわざわざギルドマスター室でなのかは聞いていいですか？」

「他の者が勇者様方の動向を気にして仕事にならないからというのが一番の理由だ。あとは私としてみても勇者様方が開くお店に興味があった」

俺とネノが店をやるということは、それだけ興味をそそられるらしい。まぁ、確かに歴代の勇者達って勇者として魔王を倒した後、人里離れた所で隠居したり、冒険者として活躍したり、後は王女と結婚して王になったりとか、そういう活躍をしている者が多い。過去にいた勇者の中ではヒアネシア様を信仰しているが故に、数十人も妻としていた凄い勇者もいたらしい。

魔王討伐後に王族にも貴族にもならずに店をやる勇者はいなかったはずだから、それもあって興味を引いているのかもしれない。

「あとは、冒険者ギルドのギルドマスターが勇者とその旦那は登録しないのかと毎日心待ちにしているようなのだが……」

「冒険者ギルドに登録する気はないです」

「うん。冒険者ギルドの登録、必要なし」

どうやら冒険者ギルドのギルドマスターは、俺とネノが冒険者登録をしてくれるのではないかと期待していたようだ。残念ながらその期待に応える気は今のところない。

俺達の言葉を聞いてギルドマスターは口を開く。

「そうなのか……。それはあいつも落ち込むことだろう。ところで、その子供は何なのだ？」

「僕はメルセディス！」

「もしかしてなのだが……、初日に共にいたドラゴンがこの子だろうか」

「そうです」

「そう」

「人化出来るドラゴンと共にいるとは、さすがだ」

ギルドマスターがそう言えば、何故かメルが得意げに笑った。

「ふふん。レオ様とネノ様は凄いんだからね!!　僕は二人とじゃなきゃ契約しなかったもん」

「そうか」

ギルドマスターは笑みを溢すメルを見て、撫でようと手を伸ばしてメルに手をはたかれていた。手をはたかれたことに、ショックを受けた表情を浮かべている。

「……ギルドマスター、それより手続きしたい」

「はっ、そうだな。すまない。こちらの用紙を全て記入いただきたい」

メルに手をはたかれて固まっていたギルドマスターは、ネノの言葉にはっとして、用紙を机の上に置く。俺とネノはそれに目を通す。メルは邪魔をしてはいけないと思っているのか、口を閉じて座っている。

用紙には、店名や所属者などを書く欄ある。

店名、結局考えていなかった。此処で考えてもいいだろうか。

「ギルドマスター、店名をちゃんと考えてなかったので此処でネノと話し合っていいですか？」

「考えてなかったのか……。構わない。来客予定も特にないからな」

「ありがとうございます」

許可をもらえたので、ネノと早速相談することにした。

「さて、宿の名前どうしようか」

「こういうの考えるの、苦手」

「うん。俺もあんまり得意じゃない。でも宿の名前って大切だし、下手《へた》な名前はつけたくないしな」

「うん」

折角宿をやるのだから、下手な名前はつけたくない。そう思うからこそ余計にどんな名前にしようかと悩んでしまう。その場の勢いとノリで決めてしまえば、後から後悔することになりそうだし。

「僕が考えようか!!」

「……メルは、どんなの思いついてるんだ？」

「レオ様とネノ様の宿！」

「……それ宿の名前じゃないだろ」

「えー、分かりやすくていいと思ったんだけど」

　メルの言葉に何言っているんだと思わず、突っ込みを入れる。

　それにしても本当にどんな名前がいいのだろうか。そう思って頭を悩ますが、正直言って思いつかない。

「勇者様達は、家名はないのか？　家名をつけている宿も結構あるが」

　頭を悩ませている俺達に、ギルドマスターがふと思いついたかのように言った。

「家名ですか……。俺もネノも平民ですからね」

「うん。家名、ない」

「……新しくつけたらどうだ？　これからのためにもなると思うが。勇者様であるのならば、家名があってもおかしくないだろう」

　確かに、何かを成し遂げた者は平民でも家名をつけていたりもする。

　勇者として魔王を倒したネノに家名があってもおかしくはない。考えたことはなかったが、これを機に家名をつけてもいいかもしれない。俺とネノが夫婦だって表すものになるわけで、家名をつけた方が夫婦という感じがより一層してなんか良い気がした。

　ネノも俺と同じ考えだったようで、

「家名、いい。つけたい」

と嬉しそうに声をあげていた。

そのため、まず、俺達は家名を考えて、それを店名にすることにした。家名と聞いて俺が思い浮かべたのは一つだ。

「なぁ、ネノ。ヒアネシア様をもじって家名をつけるのはどうだ？　勇者を選別する女神で、ネノとの関わりも大きいし、何より、結婚を神聖視していて、浮気を許さない点も共感が出来るしさ」

「それ、良い。私もヒアネシア様は好き。どうもじろうか？」

俺がそう提案すればネノも笑みを溢して頷いてくれた。可愛い。

ヒアネシア様を少しもじるとして……、どんな家名がいいだろうか。

「レオと私の名前、少し入れる。私とレオの家名っぽい」

ネノがそう言うので、俺のレオニードと、ネノのネノフィラーを入れた家名を考えてみる。

「ヒレネシラー、ヒアネード、レアノシア、オノネニード、オノネニラー、レアニラーア……」

「うーん……。どうしよう」

「よし、くじでもするか。うだうだ悩んでも決まらなそうだし」

ギルドマスターから不要な紙をもらって、それを細長く均等に分ける。その先に候補に挙がった家名を書いて、家名が書いてある方を俺が手で握る。そして、ネノに一つだけ引いてと頼んだ。

「……家名選ぶの、くじなの？　いいの、それで⁉」

メルが何か言っているが、どれがいいか本当に分からない。こうやってくじで決めてしまった方がすぐに決まる。

　ネノが一つの紙を引き抜いた。

「ネノ、どれになった？」

「レアノシア」

「うん。じゃあ、それにしようか。今日から俺はレオニード・レアノシア」

「うん。私、ネノフィラー・レアノシア」

「一緒の家名、何かいいな」

「うん。いいね」

　レアノシア。

　俺とネノの家名。俺とネノの夫婦の証《あかし》の一つ。

　何だかいいなぁと思った。

　思わず、ネノの手を握ればコホンッとギルマスターが咳《せき》ばらいをした。

「……家名が決まったのなら、記入してもらっていいか？　いちゃつくのは二人の時に頼む」

　そんな風に言われてしまったので、お言葉に従ってネノといちゃいちゃするのは家に帰ってからすることにした。

　店名にレアノシア。

　責任者は、俺でもネノでもどっちでもよかったのだが、ネノに「レオが責任者」と言われたので俺の名前を書く。

従業員の一覧には、ネノとあとメルの名も記入する。

お店の所在を書く欄は……、移動させる気満々なのでギルドマスターに聞くことにした。

「ギルドマスター、店の場所なんですが、今はあそこですけど、街から出る時に持っていく予定なんです」

「持っていく？」

「はい。《時空魔法》で店ごと持っていく予定です。それで次にしばらく定住する場所を決めたらそこでまた宿をやります」

「は？」

何だか理解不能という顔をされたので、きちんと説明をした。俺の言っていることを理解したギルドマスターは「えー……」といった顔をしていたが、「ならば、ひとまず現在の場所を書いてくれ。そして移動式店舗とでも書いといてくれ」と言われたのでそう書いた。

あとは開店前に商業ギルドからの審査もあるらしい。飲食も出来るようにするから、そのあたりのこともだ。不衛生だと客が病気になったりするから。審査をクリアしてから、開店となるらしい。

それまでに宿で出す食事についても一通り準備しておかねばならないようだ。

今日は申請書だけを商業ギルドに提出をして、きちんと開店準備が万全になったら審査を頼むことになった。

商業ギルドへの登録も済ませて、あとは最終的な開店準備を行うだけだ。

店名も決まったことだし、看板も作らなければならない。看板作りはネノがやってくれるということなので、俺はメルを連れて海に出ることにした。

というのも、折角なので海鮮料理を食堂のメニューとして出したいのだ。そのための食材調達をしておこうと思った。俺は《時空魔法》が使えるので、鮮度に関してはどうにでもなる。それ以外の野菜類などは《時空魔法》である程度ストックしてある。

船を借りて捕りに行くか、それともちょっとした魔法を使って捕りに行くか。あとはメルに乗って捕りに行くのも一つの手だけど、それは目立って面倒なのでやめておく。

「レオ様、どうやって魚捕りに行くの？」

危険な魚も世の中には沢山いるので、漁に行く際には腕の立つ者を連れていくものである。なので、考えた末に、これから漁に出かける漁師に一緒に乗せてもらえないか交渉することにした。

「漁に行く漁師に乗せてもらえないか頼んでみる」

「僕が頑張ってもいいんだよ？」

「それは今回は遠慮しておく」

俺はメルとそんな会話を交わしながら、海の方へと向かった。海に面した街というのもあって、この街は漁業が盛んだ。朝早くから船が沢山並んでいた。

「――すみません」

その中の一つ、そこそこ大きさのある船に乗っている人物に俺は声をかけた。

その茶髪のまだ若い男は、俺の姿を目にとめて驚いたように目を見開く。俺が勇者であるネノの夫として有名になっているからだろうと思われる。

「……勇者様の旦那さんですよね？　何の用ですか？」

「魚が欲しいので、乗せてもらえないかなと思いまして。その分、危険な魚は俺らが対処します」

「……え、ちょ、ちょっと待ってください。船長に聞いてきます」

男はそう言って船長のもとへと向かった。テディと模擬戦もしていたし、俺がどのくらい強いかはこの街の人達ならなんとなく把握はしているだろう。

もし断られたら、その場合は別の手段を考えようと思う。

と、そんなことを考えていたのだがやってきた船長は、

「勇者の旦那が護衛についてくれるのは心強い」

と言って、俺を乗せてくれることになった。

ちなみに俺以外の護衛ももちろんいる。彼らは冒険者である。

船に乗って、早速出発する。

俺達以外に乗っている護衛としての冒険者は三名。全員、男である。彼らは俺のことが気になるのかチラチラ視線を向けてきた。一応最低限の挨拶はしたものの、それ以外は話しかけてこない。

「レオ様、ちらちら見てるけど」

「話しかけてこないならこっちから話しかける気はない。それより、捕るぞ」

「どうやって捕るの？」

「魔法を使って」

俺はそう言って、魔力を海の中へとなじませる。

そして魔力を薄く広げていき、網状に形成していく。火や風などの属性が付与されていない魔法は、《無属性魔法》と呼ばれる。

その魔法で、俺は魚を捕ろうとしている。

魔力の操作が上手く出来なければ、魔力の網を噛《か》みちぎられてしまうので、きちんとそうならないように魔力を込める。

船の端に立って、海に手を伸ばしている俺が何をしているのか周りには分からないのだろう。メル以外は「何をしているんだろう？」と不思議そうにしていた。

広く伸ばした魔力の網でぎゅっと中にいる魚達を圧縮する。そしてそのまま持ち上げた。

魔力の網によって持ち上げられた魚達を前に、同じ船に乗っている人達は驚きの声をあげているが、俺は気にせず持ち上げたそれをそのまま《時空魔法》の空間に突っ込んだ。きちんと中で混在しないように魔力で操作をしながらである。

「えぇ？」

「い、今のって」

周りが声をあげる中で、特に話しかけられることもないので俺は魚を調達する作業を続ける。もちろん、漁をしている漁師の邪魔にならないようにである。

「レオ様、さすがだよね。僕もやるー」

メルもそんなことを言って、俺と同じように魔力操作をして魚を持ち上げている。ただ《時空魔法》は俺のように使えるわけではないので、メルが捕ったものも俺が《時空魔法》で回収した。

「ちょ、ちょっと聞きたいんだが」

「何ですか？」

「……先ほどの魚は何処に？」

「魔法で収納しました」

きちんと答えたら冒険者達にえーっという表情をされた。それ以上特に聞いてこなかったので、船に乗っている間、必要な分だけ魚を回収しておく。

そうしていれば、海に広げた魔力に強い魔力が引っ掛かった。

「なんか魔力が強い魚がいますね。やってしまって大丈夫ですよね？」

「え、あ、ああ」

船長に声をかければ、大丈夫だと言われたので、その魔力の強い魚をどうにかすることにした。

海の中に広げていた魔力を、その強い魔力を持つ魚のもとへと向かわせる。

その魔物は、頭の部分がとがっていて、その鋭くとがった部分を船に突き刺そうとしているようだった。突き刺されてしまったら、船底に穴が開く可能性もあるだろう。さっさと終わらせよう。

魔力を圧縮させて、その魔物を殺す。

うん、これで問題なし。

その巨体を持ち上げると思ったよりでかかった。四メートルぐらいある、先のとがった魚である。

それを俺は《時空魔法》でしまう。

「でか……っ」

「……さすが、勇者様の夫」

「凄い」

周りでは沢山の声があがっている。

「レオ様、さすがだね!!」

「このくらい当然だろ」

メルは隣で目をキラキラさせて、俺の方を見ている。そんなメルは「僕も頑張る」と気合を入れて、大きな魔物がいないか探しているらしい。対抗しなくてもいいんだが。

でもまぁ、メルが頑張ろうとしているのならば特に止める必要もないので放っておく。

俺はある程度、食材を手に入れることが出来たので椅子に腰かけてのんびりしている。メルは海を見てはしゃいでいる。何か強い魔物が出ないかなと期待したものの出てこなかったので、諦めて海を見ているようだった。

魔力感知は続けているので、強い魔物が出てきてもすぐに対処出来るようにしている。

それにしても、こうして海に出てみて、空を見上げるのも中々気分が良い。生まれ育った村にいた頃は海を見たことがなかったから、これだけの大量の水が広がっているのは不思議な気分である。

いつか、他の大陸に行ったり、島に行ったりもしてみたいなという願望も出てくる。

ネノと一緒なら何処にだって、何処へでも行ける。そう思えるから。

今頃、ネノは看板作りを終えているだろうか。そのあと、何をしているだろうか。ネノなら、ナンパとかされたとしても軽くあしらうだろうけれども。ネノは可愛いから異性の注目を集めやすいんだよな。

ネノは昔から注目を浴びていた。顔立ちだって整っているし、勇者だと判明する前からあの村で一生を終えるような人材ではないと言われていた。

幼い頃、ネノのことを好きになって、ネノに置いていかれたくないと頑張って本当に良かったと思う。もし俺が頑張っていなければ、今のようにネノと夫婦になんてなれなかっただろうから。

「勇者様の夫君」

「……俺はレオニード。その呼び方、呼びにくいですよね？」

「ええっと、レオニード様、勇者様との話を聞いてもいいですか？」

傍によってきた冒険者は、ネノのことが聞きたいらしい。幸い、波も落ち着いていて、危険な魚は近くにいない。俺や冒険者達の仕事はしばらくないだろう。

「いいですよ。何を聞きたいんですか？」

「勇者様とはどうやって出会ったんですか？」

いかつい外見の冒険者の男が俺に敬語を使っているのは俺が勇者であるネノの旦那という立場だからだろう。多分、その肩書がなければこんな対応はされないはずだ。そう考えると勇者であるネノの影響力は本当に大きいと言える。

「幼馴染《おさななじみ》なんですよ。生まれた時からずっと一緒の」

「幼馴染……!?　勇者様は昔からあれだけ強かったのですか？」

やはり冒険者として生計を立てている者達にとって、勇者というのは憧れの的なのかもしれない。

ネノはそれだけ強くて、美しい。あと可愛い。

ネノってある意味最強だと思う。だってあれだけ強くて、可愛い存在なんて他にいない。俺がネノのことを好きだからこそ、そんな風に思ってしまうのかもしれないけれど。

「そうですね。ネノは昔からああでした。昔から、それこそ勇者だと判明する前からずっと強かったですから」

小さい頃のネノもそれはもう可愛かった。俺に心を許していなくて、今のように俺に笑いかけたりなんかしなかったけれど、ネノは昔から可愛かった。

ネノを好きにならなかったら、今の俺はいない。

俺はネノを好きになったからこそ、これだけ強くなろうと努力したのだ。

それを思うと、ネノを俺と同じ村に生まれさせてくれてありがとうと神様に感謝したくなる。

「そうなんですか。さすが、勇者様です！　ところで――」

それからもネノのことを色々聞かれたので、ネノが嫌がらない範囲でネノのことを冒険者に語った。ネノのことを知って、驚きの声をあげたりして、本当にこの冒険者はネノに憧れているんだなと思った。

俺の自慢のネノが、人に憧れを抱かれていることは嬉しい。

俺のネノはこれだけ凄いんだと自慢したくなってしまう。

冒険者達と話しながら、手に入れた魚でどんな料理を作ろうかと頭を働かせる。魚料理はそこまで詳しいわけではない。本などを読んだりして、学んでからサンプルを作るべきだろうか。ネノが喜んでくれるような美味しい料理が作れればいい。そう思ってならない。

それから、冒険者達と話しているうちに漁師達も漁を終えたようだった。

そのまま港へ戻るまでの間、特に脅威はなかったので俺とメルはのんびりと海を眺めていたのだった。

家へと戻ると、ネノが「看板出来た」と満足気に笑っていた。

ネノの作った看板は、木で出来ていてとても良い出来だった。褒めるように頭を撫でれば、ネノははにかむように笑った。ああ、可愛い。

「レオ、魚捕れた？」

「ああ。結構捕れたよ」

「ふふん、僕も頑張ったんだよ!!」

ネノの問いかけに答えていれば、何故かメルも得意げに笑っていた。

「宿で出す料理の準備をしなければ」

「うん」

「あと、給仕服作った方がいいし。可愛い服、ネノに着せたい」

ネノにはこの宿の中で給仕などの仕事をやってもらうつもりだから、それにふさわしい服を着せたい。どんなものでもネノは絶対に似合う。何色がいいだろうか。あれだな、作るならとことん可愛く、ネノにぴったりのものを作りたい。

あまり可愛くしすぎると、ネノに惚《ほ》れてしまう男が出てくるかもしれないが、敢《あ》えて可愛くないものを着せるわけにもいかない。というか、俺のネノはどんな服を着ていようが、可愛いし。

まじまじとネノのことを見つめてどんな服が似合うだろうかと考えていたら、「どうしたの？」とこてんとネノは首をかしげた。

「ネノにどんな服着てもらおうかなと思って」

ネノに似合うものを一から作って、俺が作ったものを身に纏ったネノを見るのもいいと思う。そうした方がなんか、ネノが俺のものって感じが余計にして何だかよいと思った。

「ネノの衣装、俺が作っていい？」

「うん。……レオのは？」

「俺の？　俺のは特に考えてなかったけど」

「レオの、仕事服、じゃあ私が作る」

「ネノが？」

「うん。私の、レオ、世界一かっこいいって見せつけるの」

ネノがなんか凄く可愛いことを言った。可愛すぎて、胸がキュンッてなった。

「ネノ、あんまり可愛いことを言うと……」

「……いいよ？」

「ネノ……」

「って、何言っているの!?　まだ明るいからね!?　あと、僕の服は!?　僕もお手伝いするから、服欲しいよ」

　そのまま寝室に向かいたかったけどメルに遮られた。

　そうか、ネノの服のことばかり考えていたけれど、メルの給仕服も作らなければならないか。あまりにもばらつきがあるのはおかしいだろうし、揃えた方がいいよな。

「じゃあ、ネノの作ってからメルのも作るよ」

「本当!? ありがとう、レオ様! 僕、楽しみ!!」

にこにこと笑ってお礼を言うメルを見ながら、とりあえずネノといちゃいちゃするのは夜になってからにしようと思った。

「あと、宿の時間と食堂の時間、考える」

「そうだな。今のところ、俺とネノとメルだけでやるしな。食堂の営業時間、どうしようか」

「うん。朝、昼、夜の皆が食事をする時間に開けておけばいいと思う」

「あとは、泊まっている人だけ朝食を出すとかでもいいか。街中で勇者のネノがいる宿屋をやるなら、混むかもしれないしな」

「うん。誰も来なさそうな場所なら、常に開けててもいいかも。その辺は、場所によって、考えるといい」

「少なくともこの街だったら、それなりに人は入るだろうからな。昼食と夕食の時間は外からの人でも食事が出来るようにするか。三時間ずつぐらいそれで食堂に人を入れるようにしておけば、それなりにいい感じか?」

「うん。ひとまずそれでいいと思う。やってみて、後から変えていけばいいと思う」

ネノとどんな風な宿にしていくかを、さっさと決めていく。

この宿をやるにあたって、従業員は俺とネノとメルだけである。今のところ、誰かを雇うといったことは考えていない。どうせ、この宿は俺達と共に移動するわけだし。まぁ、期間限定でこの街に滞在している間だけ、短期で働いてもらうとかならありかもしれないけれど。

今、宿がある場所は街中だけど、場合によっては街の外に宿を出すこともあるだろうし。その場合はネノが言うように、どんな風にするか臨機応変に、考えるべきだろう。

でも最初はまず、こんな宿があるのだというのを示さなければならない。

そうすれば、外に突然宿があっても「これが噂の宿か！」と皆が知るところになるかもしれない。

まぁ、移動していく予定だから、常連客というのは中々作れないかもしれないけれど、色んな場所にネノと共に行きたいからこういう経営形態をしていくことに決まっている。

「チェックインとチェックアウトとかについても考えていた方がいいよな。何時《いつ》までに帰ってこなければ宿に入れないとか、そういう決まりとかも」

「うん。あと、私達は眠るのは隣の家でだから、もし宿の方で何か起こったら分かるシステムを作っておこう。呼び出し出来るようにしておくのも必要。盗難防止も。宿の備品取られないようにとか」

「そうだよな。取られないように魔力でたどれるようにしておいた方がいいよな。色々細かいことは開店してから整えることも出来るけど……今、思いついたものは開店前に整えておいた方がいい」

「うん。レオが、食堂のメニューとか、私達の服作る。私は、レオの服作る。あと、気になった所、整えていく」

「ああ。それがいいな」

ネノと打ち合わせをしていると、ずっと黙っていたメルが口を開いた。

「レオ様、ネノ様、僕は？　僕は何したらいいの？」

「開店前に徹底的に掃除はしておいた方がいいのと、開店したってことを大々的に広めるためのチラシとかも作りたいから、そのあたりをとりあえずやってもらえれば」

「うん。あとは、思いついたら頼む」

ひとまず、思いつかなかったので掃除とチラシ作りをメルに頼むのだった。


しばらく俺は料理を作ったり、ネノとメルにどんな服を作ろうかと試行錯誤していた。ネノも同様である。そうしていたら、メルが満面の笑みを浮かべてやってきた。得意げに見せてきたのは、一枚の紙だ。

「レオ様、ネノ様、出来たよー!!　見て見て、自信作!!」

どうやらチラシが出来たらしい。ネノと一緒にメルの作ったチラシを見る。

『宿屋・レアノシア開店です！』とデカデカと書かれている下には、宿とネノのイラストが描かれている。なんか無駄に上手いんだが……。ドラゴンなのに絵が上手って不思議な気分だ。まぁ、イラストのネノより実物のネノの方が可愛いけど。

食堂の開店時間や、宿の説明も簡単に書かれている。食堂を常時やるわけではないこともきちんと書いてくれている。『勇者夫婦の宿！』とも書かれている。……メルの要素は一切ないな。人を呼ぶならメルがドラゴンだって書いた方がいいんだろうか。でもそれはそれで面倒なことになるか？　まぁ、どちらにせよ、隠しているわけでもないから、そのうちメルがドラゴンって悟られることもあるだろうし、『勇者夫婦の宿！　ドラゴン付き』みたいな書き方とか、なんか、まぁ、メルもいるってこと書いてもいいんじゃないかと思ったりした。

そんなことを考えていれば、チラシを一緒に見ていたネノがメルに向かって言う。

「メル、レオとメルのイラストも描いて」

「え、僕とレオ様のも？　そんなスペースあるかなぁ。あと自分描くのってなんか恥ずかしい」

「私だけだと、何か寂しいから。メルのはドラゴンの姿でいい」

「ドラゴンの時の僕？　まぁ、そっちの方が描きやすいか。じゃあ、それも描く。それより、全体的には良い出来でしょ!!」

「うん。上手」

ネノは満足気に笑って、メルの頭を撫でた。撫でられたメルは気持ちよさそうだ。そんなメルに俺も口を開いた。

「なぁ、メル。勇者夫婦って響きは凄くいいんだけど、メルもいるってこと書いておこう。ドラゴン付きみたいな感じで」

「ドラゴン付きって、僕、付属品じゃないし！　他の書き方する！　出来たら見せるね!!」

ドラゴン付きは却下された。メルは新しいのを作ってくると言って、チラシ作りに戻った。

「レオ、食事はうまく、出来そう？」

「ああ。色々作っているからネノ、試食してもらっていいか？」

「うん」

「ネノの方は？」

「レオの服、大体出来たところ。完成させたら細かい部分の調整していく予定」

料理に関しては片っ端から試作していって、《時空魔法》でしまっている。試作品だからひとまずこうして作り置きしているが、食堂をやる際は作り置きではなく一品一品作っていこうと思っている。他にやることがある時は別だけど。

魚料理や肉料理など様々なものを作ってある。さすがにドラゴンステーキはメニューにはない。メニューにするほどメルの尻尾《しっぽ》もらうわけにもいかないし。

「美味しそう!!」

試作品を《時空魔法》で取り出せば、ネノは目を輝かせた。本当、可愛い。

ネノはそんなに多くの量は食べられないので一口ずつ食べているが、口に含むと破顔していて、見ていて頬が緩む。

刺身もある。生で魚を食べるのは忌避する人が多いけれど、ちゃんと魔法で浄化しているから問題はない。クリームコロッケにしたものや、煮つけにしたものなど色々ある。食材は沢山手に入れたからしばらく在庫も問題ないし、メニューとして十分出せるはずだ。本当に《時空魔法》をずっと使ってきて良かったと思う。こういう時、保存するのに便利だ。

「レオ、これ、全部、美味しい。メニューとして出すの、良いと思う。さすがレオ」

「良かった。じゃあこれらのメニューで審査してもらおう」

ネノにさすがとか言われると、言われ慣れていてもやっぱり嬉しい。

「レオ様、ネノ様、書き直したよーって、なんか食べてる！　僕も食べたい!!」

「食べていいぞ」

「わーい、じゃあ食べる！　あ、レオ様、これ書き直したやつ！」

チラシを書き直したらしいメルは、チラシを俺に渡すとネノの横に座って試作品を笑顔で食べ始めた。バクバクと勢いよく食べて、「レオ様これ美味しい！」と笑顔を浮かべている。

そんなメルの声を聞きながら、作り直されたチラシを見た。

メルが直したチラシの出来は結構良かった。ネノが希望したように俺やメルのイラストも追加されていて、良い感じになっている。

これを印刷するためにはまた商業ギルドに向かわなければならない。自分で印刷用の魔法具作ってもいいけど、安い値段で印刷が出来るシステムが商業ギルドにあるのだ。

「良い出来だな。メル、食べ終わったら商業ギルドに行って、これを印刷してきてもらっていいか？」

「うん、分かった。食べてからね」

メルはにこにこと笑ってそう言った。

それから、試作品を食べたメルは「行ってきます！」と元気に言って出ていくのだった。

料理の準備をしたり、チェックインやチェックアウトの時間を決めたり、夜間の防犯のための魔法具を作ったりして、開店するための準備が着々と進んでいった。


「レオ、私、可愛い？」

そう言いながら目の前でくるりっと体を回転させるネノは、俺が作った給仕服を着ている。

ネノが着ているのは、黒の侍女服のようなものだ。白いレースとエプロンを身に着け、白いカチューシャも着けている。

あまりネノの足を人に見られるのは嫌だなという感情と、可愛い制服姿を見たいという葛藤の末、スカートの裾の長さは膝丈にした。

靴下はハイソックスで、黒の靴もこちらで作った。ヒールがあったら動きにくいだろうから、ヒールなしのフラットな靴だ。可愛い。

好きな相手がどんな服を着ていても可愛く見えるものだろうけれど、普段しない格好を見ると、余計に可愛く見える。見慣れてもきっと可愛いと思うだろうけど。

「ネノ、凄く可愛い」

「ありがとう。私、レオが作ってくれた服、着られて嬉しい」

「俺も嬉しい。ネノ、本当、可愛い」

「ねーねー、レオ様、僕のは!?」

　ネノに可愛い可愛いと口にしていたら、メルが不満そうに言った。

「ちゃんとあるぞ。はい、これ」

「やったー、じゃあ着替える！」

「待て、メル、この場で着替えようとするな。向こうで着替えて来い」

「え？　別にいいじゃん」

「駄目だ。というか、人型になっているならちゃんと人がいない所で着替えろ」

「えー。面倒くさい」

「そうそう着替えたりしないんだから、着替えるのは人前ではやめた方がいい」

「えー、なんで？」

「攫《さら》われるぞ？」

　外に出た時にメルは多くの人々から注目を浴びていた。外でこんな調子で着替えだしたら変態とか湧きそう。まぁ、メルはドラゴンだし、そんな簡単に攫われたりしないだろうけど。万が一っていう場合もあるしな。そもそも外で裸体を晒《さら》すとか、色々問題あるし。

　ちなみに普段、人化しているメルが着ている服はメルが魔力で生み出しているものらしい。それなら給仕服も魔力で生み出せばいいのではと思ったが、作ってほしいと言っていたので作った。

メルは「攫われる!?　嫌だから、向こうで着替える！」と言って奥に向かった。俺もネノに「これ、レオの服」と渡されたのでメルと一緒に着替えることにした。

着替えている場所に向かうと上手く着れなくて、一生懸命、シャツから顔を出そうとしていたメルがいたので手伝った。メルのはぶっちゃけ、ネノの服ほど気合を入れて作っていない。そもそもまだ成体になっていないので、もしかしたらそのうち背も伸びるかもしれないし。ドラゴンって、どんな風に成体になっていくのかはちゃんと聞いていないので知らない。

「着替えられた！」

と満面の笑みを浮かべるメルは、ストライプのシャツに蝶《ちょう》ネクタイ、あとは黒のズボンに、靴といった服装だ。人型のメルは顔が良いから、この見た目だけでも寄ってくる人は多いだろうなと思った。良い客寄せになりそうな気がする。

ちなみに俺のためにネノが用意してくれたのは、厨房《ちゅうぼう》に立つ予定なのでコック用のシャツやエプロンなどだ。着替えてみると、なんだか宿の従業員風な雰囲気になった気がする。いや、これから実際にやるわけだけど、こんな格好はしたことなかったから新鮮な気分になった。

「レオ様、似合ってる！」

「ああ」

「ね、僕は似合ってる？」

「似合ってる似合ってる」

そう答えれば、メルは嬉しそうににこにこと笑った。本当に単純な奴。

ネノのもとへメルと共に戻れば、ネノは俺にくぎ付けになってくれた。普通に、嬉しい。

「レオ、かっこいい。さすが、私の旦那」

「ネノも可愛いよ。さすが、俺の奥さん」

「ネノ様、ネノ様、僕は!? 僕は似合ってる!?」

「メル、ステイ。私は、レオを見るので忙しい」

メルはステイと言われて、大人しくしていた。ネノに逆らうのが得策ではないことをちゃんと把握しているからだろう。

ネノは俺の腕に手を伸ばして、ぐるりっと俺の体を回転させる。前も後ろも見て、じーっと細かいところまで見た後に、「やっぱ、かっこいい」と満足げに頷いていた。俺のネノは本当可愛いなぁと思ってならない。

「レオに変な虫つかないようにしないと」

「いや、俺よりネノだろ。可愛いからな」

「いや、レオの方。かっこいいもん」

「ネノが俺のだって見せつけないと」

「私も、レオが私のだって見せつける。そしたら、変なの寄ってこないはず」

「まぁ、見せつけても寄ってくる奴はどうにでもすればいいだろ」

「うん」

さすがに勇者であるネノ相手に無理やり迫るような馬鹿はいないだろうけれど、そんな奴がいたらひとまずどうにでもしよう。俺に関しては、多分、ネノが心配しているようなことはないと思う。まずこの宿をやっていれば勇者のネノに注目が行くだろうし、勇者の旦那に手を出す奴などそうそういないだろうから。いたとしても相手にはしないしな。

俺の言葉に頷いたネノはようやくメルの方を見る。メルは座り込んで俺達のやり取りが終わるのをじっと待っていた。ネノが視線を向けると目を輝かせている。

「メルも似合ってる。良い客寄せ、なりそう」

似合っていると言われてメルは嬉しそうに笑みを溢すのだった。

洋服も出来、ある程度の準備を終えたので、商業ギルドに審査をしてほしいと申請をした。

この審査が通れば、ついに、開店することが出来る。審査は申請したものの、当日すぐに審査が行われるわけではなかったので、開店までの間にメルに「近日開店予定『宿屋・レアノシア』」と宣伝しながらチラシを配ってもらうことにした。

給仕服でやってもらうことにしているので、さぞ注目を浴びることだろう。

恐らく大丈夫だとは思うが、もし攫われたりしないように、知らない人からは物をもらわないようにとか、知らない人についていかないようにとはメルに忠告をしておいた。

メルを無理やり攫うのは無理にしても、騙されて連れていかれることはありえそうだし。まぁ、メルならなんとかするだろうけど。

さて、その間に俺とネノは審査前に見落としがないかの確認をしたり、あとはのんびりしていた。

「審査通ったら、開店だね」

「ああ」

「私が勇者になったから、ちょっと予定より遅れたけど、レオとのお店嬉しい」

「気にしなくていいよ。ネノが勇者やったおかげで開店資金も結構手に入ったし。俺もネノとの店、嬉しい」

ネノと一緒に経営する宿。

それを思うだけで、何だか嬉しくなった。

此処から、俺達の新しい第一歩が始まる。

宿を経営しながら、色んな場所をネノと一緒に見に行くんだ。ネノと一緒だったら何処へだって行ける。ネノと一緒に、ネノが隣にいて、色んな景色を見て、色んなことを共に経験する。それってとても幸せなことだと思う。

好きな相手が俺を好きでいてくれて、俺のお嫁さんになってくれて、そして俺と一緒に色んな場所に共に行ってくれる。うん、俺は幸せ者だ。

「レオ、どうしたの？」

「俺って、幸せ者だなぁと思って」

寄り添っているネノが俺を見上げる。

「ネノが俺の奥さんで、俺の傍にいてくれて、幸せだなって思っただけだよ。これからもよろしく、ネノ」

「うん。よろしくお願いします。もちろん、私も、レオと夫婦で幸せ」

小さく微笑みながら、そんなことを言うネノはやっぱり可愛かった。


それから数日後に宿の審査が終わった。宿の審査をした人は俺達が自作した魔法具を見て、「この魔法具欲しい」とか宿の審査とは関係ないことで興奮していた。こんな魔法具だらけの宿は中々ないらしい。

通常の設備で水とか通していると、移動する時に面倒なのでこうしているが、魔力が少ない人や魔石を持ってなければ確かに魔法具が多いと大変だろう。あと俺とネノは魔法具を自分で作ったり、魔法具の手入れをしたり出来るけれど、それが自分達で出来なければ製作費でかなりの値段を取られるだろうし。

試作している料理も肉料理、魚料理、野菜料理など、沢山のものを食べてもらった。案外、丼物系が審査に来た連中に人気だった。米は他の食材よりストックは少ないけれどしばらく持つ分ぐらいはある。もしなくなったら仕入れるまで販売中止になるだろうが、それでいいだろうとネノとの話し合いで決まっている。

宿の様々な部分を審査されたが、隅々まで数時間をかけて審査して特に問題がなかったようだ。良かった。問題はないつもりだったけれど、この段階で何か調整しないといけなくなったら少し開店が遅れることになっただろうから。

審査が終わって、『開店許可証』を受け取ることが出来たので、額縁に入れて店内の目立つ場所に飾った。

俺とネノと、メルで運営する『宿屋・レアノシア』はまもなく開店を迎える。

「これで準備完了だね、レオ様、ネノ様。僕も頑張る！」

メルが気合を入れて、声をあげた。

「ああ。折角だから繁盛させたいしな」

「大丈夫、私とレオなら何でも出来る」

「そうだな、ネノ。俺とネノなら、きっとなんだって出来る。世界中に広まるぐらいを目指そう」

「うん。レオと夫婦だって、全員が知っているぐらいがいい」

そんな風に、世界中に俺達夫婦のことが広まるくらい頑張ると言って、ネノは両手を握りしめて気合を入れるのだった。

ああ、もう本当に俺の嫁は、可愛い。

幕間

— Interlude —

メルセディス・ドラゴアージはかく思う

僕の名前はメルセディス・ドラゴアージ。

誇り高いエレメンタルドラゴンの一頭。ドラゴンの種類って、沢山あるんだよ。火が得意だったらファイヤードラゴン、水が得意だったらウォータードラゴンみたいな感じで盛り沢山。ちなみに僕はそういうの全部使えるんだ。凄《すご》いでしょ？　得意不得意はもちろんあるけどね。僕まだ小さいし得意なのしか上手《うま》く出来ない。あとドラゴン種で家名持っているのって代々続いている位の高いドラゴン種だけなんだよ。

なんやかんやあって生まれ育った母様の所を飛び出してから適当にぶらぶらしてたんだけど、ドラゴンって幼体でも人間にとっては危険らしくて、一か所に居座ると「危険だー」とか言って人間達が襲いに来るから面倒なんだよね。

ちなみにドラゴンって成体になるまで時間かかるんだよ。人間よりも長生きだから。それで成体になる前に独り立ちするものもいれば、成体になってから独り立ちするドラゴンもいるんだけど、僕はさっさと独り立ちしたかったし、全然知らない場所に興味もあったしね。

それで、何となく流れ着いたのがレオ様とネノ様の住んでいる村の近くにあった山なんだ。標高もそれなりに高くて、魔物もいて、過ごしやすかった。近くにあるのがその村だけだったし、下手《へた》にドラゴンを倒すぞーっていう連中がいない田舎《いなか》だったしね。

それでレオ様とネノ様に会ったんだ。

僕、あの頃、少し調子に乗ってたというか、誰も僕には勝てないんだと思ってたからね。馬鹿みたいに人間虐殺とかなんてしようとは思わなかったけど、僕の縄張りに入ってきた生き物は殺しても問題ないだろーって思ってたから、最初レオ様とネノ様がやってきた時は殺そうとしたんだよね。でもネノ様に負けた。レオ様も僕に勝てないってぐらいの強さなのに諦めずに向かってきて、命乞いとかもしない子供って不思議だったんだよね。

それで僕は殺されたくないから必死に謝ったら、殺さないでくれた。ネノ様ってその当時は勇者だと判明していなかったけど、勇者だって知っても納得しかなかった。まぁ、勇者でもないのにあれだけ強くなったレオ様が一番ヤバい気がするけど。

レオ様とネノ様は怒らせたら凄く怖いし、今では二人とも僕より強いから気が変わって尻尾《しっぽ》肉以外も全部食べられたらどうしようってハラハラもしてたけど、それと同じくらいレオ様とネノ様のことは好きだし、一緒にいて楽しい。

それに、二人は僕がドラゴンだろうと対等に接してくれている。

母様の所を飛び出してから、僕がドラゴンなこともあって対等な存在なんて出会えていなかった。

自由に出来るのは楽しかったけど、家族みたいに僕を叱って諭してくれたり、対等に笑いかけたりしてくれる存在がいないっていうのには、ちょっと寂しい気持ちがあったんだ。僕らはドラゴンだから「対等の存在なんてあまりいないから大切にするのよ」って母様は言ってた。その意味をようやく僕も理解したんだよ。

そういう気持ちって多分、ネノ様も感じてるんじゃないかなって思ってる。

ネノ様は勇者として生まれ、生まれた時から特別だった。あれだけ幼かったのに僕に勝つだけの力を持ってた。そんな風に強すぎるからこそ、レオ様がいなかったらネノ様ってもっと孤独だったんじゃないかなーって思う。

僕が、対等に接してくれてる（たまに扱いがひどいけど）二人と一緒にいて楽しいなぁって思ったりするのと一緒で、レオ様が追いかけてあれだけ強くなってくれたことに、ネノ様は嬉《うれ》しかったと思うんだよね。

まあとにかく、ネノ様に負けた時は怖かったし、レオ様がどんどん僕を追い上げて、追い越して強くなった時も怖かったけれど――、何だか嬉しいなって思ったんだよ。

それもあって、僕は最初に想定していたよりもずっと長くあの山に住まうことになったんだ。元々そんなに長い間いるつもりなんてなかったのに。

気づいたら僕の所に来てくれるレオ様とネノ様のことをいつも待ってた。……いきなり魔法放たれてしまうのはびっくりしたけど、それでも心待ちにしてたんだ。

寂しくなりたくないから、契約も結んでもらった。母様の所を飛び出した時は、人と契約なんて結ぶわけないって言ってたのに、どうなるか分からないものだなーって思った。

そんな二人と一緒に色んなものが見に行けると思うと僕は楽しくて仕方ない。

今から僕達は、宿屋を開店する。

レオ様やネノ様ならお店やるよりも魔物倒したりする方が似合っていそうだけど、二人とも張り切っているし、周りなんか気にせずに自分のやりたいことをやろうとしているのは二人らしいと思う。

僕も初体験だけど、給仕役をやるんだ。レオ様に制服も作ってもらったし、失敗しないように頑張らないと。レオ様とネノ様の役に立てるように頑張るんだ。

僕はこれからもレオ様とネノ様と一緒にいたい。

いつか、二人は寿命で僕より先に死んでしまうけど、それまではずっと一緒にいたいなって思ってる。

第三章

— Chapter 3 —

宿屋レアノシア、開店

『レアノシア』——それが、俺とネノがやることになった宿の名前だ。

そして、準備を重ねてようやくレアノシアは開店日を迎えた。

こうして初めての経験をネノと一緒に出来て、思い出を作っていけるんだと思うとそれだけでも俺は幸せな気分を感じてならない。ネノが隣にいるのは、俺にとって当たり前の日常だけれども、その日常が本当に愛《いと》しいと思う。

ただ、メルに人型でチラシを配ってもらっていたけれど、実際どのくらいの客が来るのだろうかと不安も少なからずあった。

勇者というネノのネームバリューがあるし、此処《ここ》は人の行き来の多い街だから大丈夫だろうとは思っているけれども、何分、俺もネノも戦闘はともかく、こうやって何かを運営するというのは初めてである。

でも結論から言うと、全く問題はなかった。だって開店前から並んでいたのだ。これは入場制限しなきゃダメなのでは？　って思うぐらいの人数がいた。

これは勇者効果なのか、メルが綺麗《きれい》な見た目をしているからなのか。並んでいる中にはメル目当てっぽい女性も何人も見られる。大丈夫だろうが、不審者がいないか気を付けておこう。メルはドラゴンだから強いが、人間社会には馴染《なじ》んでいないのだから。

「多い……」

「八部屋しかないからな。どれだけ宿泊希望者がいるかだな」

「……今、朝。食堂希望者は昼前から入れる予定。食堂開けるのは、泊まっている人は朝もだけど、それ以外は昼のはず。なのに、こんな並んでるの？　びっくり」

「ああ、びっくりだな。やっぱ、勇者のネームバリューかな」

「……今は、私だけ。でも、私のレオは凄《すご》い。きっとレオの名前も有名になる。私だけ名が知られるより、レオも一緒がいい」

　そんなことを言ってくれることが嬉《うれ》しいし、それにそういうネノがもう色んな人に自慢したいぐらい可愛《かわい》い。

　もっとこの可愛いネノを見ていたいけど、宿の前に並んでいる人達をどうにかしなければ。

「まず開けたら、ネノは宿泊客の受付を頼む」

「うん。私、頑張る」

「レオ様、僕はー？」

「メルは誘導を頼む。こんな大勢、宿には入れないからな。入場制限してくれ。出来るか？」

「大丈夫、僕頑張る！」

メルもやる気満々の声をあげていた。見るからに冒険者などもいるみたいだが、メルなら少し乱暴な客がいたりしてもどうにでも出来るだろうしな。まぁ、見た目が美少年だから、下に見られて威圧的な態度をとられる可能性もあるが。

この後、人気《ひとけ》がない場所に店舗を移動させたりするかもしれないのだから、稼げるうちに稼いでおかないと。お金がなくても自足自給すれば問題はないが、どうせならとことんやって有名な宿にしたいしな。

俺とネノの宿の名が、これから広まっていくと思うと何だか妙にドキドキする。これは期待も、不安も含めての胸の鼓動だ。

「……ちょっと、ドキドキするね」

じーっと外の列を見ているネノは口を開く。

勇者として魔王を倒したネノ。ネノを噂《うわさ》でしか知らない人は、ネノが完璧な少女と思っている。何でも出来て、特別な存在だと。

でも傍《そば》でこうして過ごしていると、勇者であろうともネノは普通の女の子なんだと実感する。ネノの近くにいない人は、こういう宿の開店に緊張しているネノのことなんて想像すら出来ないだろう。他の人が知りえない、色んなネノが見られて嬉しい。

「だな。魔物退治ならさっさとやってしまえば終わりだけど、宿をやるなんて初めてだもんな」

「うん。でも、良かった。私が勇者やったから、これだけ人集まってる」

ネノは嬉しそうに笑う。ネノにとって、魔王を倒すことはそこまで難しいことではなかった。緊張も不安もなく、旅に出る前から「討伐出来るに違いない」という確信だけがあった。

でも、今そんな魔王にさえ怯《ひる》まなかったネノは、初めてのことをするにあたって魔王退治なんかよりも余程緊張しているのかもしれない。

「大丈夫だよ！　ネノ様とレオ様が揃《そろ》ってて出来ないことなんてきっとないもん。それに僕も此処が上手《うま》くいくように頑張るもん!!」

メルはネノと俺の言葉を聞いて、自信満々だった。その様子に思わず俺とネノは小さく笑う。

「もー、なんで笑うの!?」

「気にするな。そうだな。何も問題はないな。もし問題が起きてもどうにでもするだけだ」

「うん。私と、レオなら何でも出来る」

何で笑うのかと文句を言うメルに俺とネノはそう言って笑いかけた。

そして開店時間を迎えた。

開店して客室はすぐに埋まった。驚きの早さである。正直言って、こんなにすぐに全ての部屋が埋まってしまうとは、思ってもいなかった。盛況なのはとても良いことだが、中には「ずっと並んでいたのに」と文句を言う者もいた。そうは言っても八部屋しかないのだから仕方がない。

予約は出来ないのかといった話も出ていたが、現状予約制にするつもりはない。あ、でもこの八部屋に泊まった人達がどれだけ長く此処に泊まるか次第では日数制限でも付けた方がいいのだろうか。そのあたりはネノとまた相談しなければならないだろう。

やっぱり、こういう宿というのはやってみなければ分からないものだなと思った。

文句を言っていた連中も、受付が勇者であるネノだからか、無理を言う人がいないのは良かった。ただ、丁重にお帰りいただいたけど。

これだけ多くの人が泊まろうとしてくれるなら部屋数を増やしてもいいかもしれないが、俺達だけで運営出来る範囲を超えてしまう。そもそも持ち運びするにあたってあまり巨大だと面倒だし。

この街は人が多いからこそこれだけ並んでいるけれども、誰もいないような場所に宿を置くこともあるだろうしなぁ。そのあたりはやはりネノと相談して考えなければならないだろう。

八人が部屋を振り分けられて、そのうちの何人かは朝食も希望していた。そのため、俺はそちらの対応をすることになった。メニューに書かれた朝食を選ぶ客達の注文を聞いて、用意する。その間に食堂だけ目当ての客達のことはメルがなんとかしていたようだ。あとはネノが受付を終えてそちらを手伝ったりしていた。

「……あんた、勇者様の旦那なんだって、どうやって勇者様を落としたんだ？」

食事を運んだら宿の宿泊客の冒険者、年は二十代ぐらいだろうか。その男がそう問いかけてきた。

他の朝食を食べている客もその質問が気になっているようで、ちらちらこちらに視線を向けていた。

「どうやってって、言われてもなぁ」

ぶっちゃけ、どうやってと言われても何と言っていいか分からない。

俺がネノを好きになって、ネノに追いつきたいと願って、そして追いかけた。そしたらネノが俺のことを好きになってくれた。――人の想《おも》いなんて、結局その人本人にしか分からないものであり、そういうことはネノに聞いた方が分かると思う。

「ただ俺がネノのことを好きになって、ネノも俺を好きになってくれたってだけですし」

本当にそれだけだ。ネノは勇者だから特別視されるし、ただ結婚しているだけでも疑問視されてしまう。でも――ネノは勇者であることを除けば、本当に普通の女の子なのだ。

「気になるなら、ネノ自身に聞いた方がすっきりすると思いますよ」

「いやいや、本人に聞くのはさすがに――」

「答えるよ？」

ネノが男の後ろにいた。まぁ、俺は近づいてきていたのは気づいてたけど。

「ゆ、勇者様っ」

「私はレオだから大好きなの。レオだから奥さんになったの」

ネノは表情を緩めて言った。ああ、可愛い。

「――レオは、私とずっと一緒。私のこと好きでいてくれる。一緒にいると、楽しい。だから、ずっと一緒にいたい。そう、心から思った。だから、だよ」

ネノは、偽りをあまり口にしない。本心をこうして口にする。だからその言葉が、本心からの言葉だと知っているからこそ、余計に嬉しい。

「ネノ……」

「レオ……」

「って、待て待て。俺達、客がいる前で何をそういう空気を出している!?」

ネノが可愛すぎて、キスしたいなぁとかいう気分になってネノと名前を互いに呼び合っていれば、冒険者に突っ込まれた。

「ネノ、あとでな」

「……うんっ」

仕事中なので、諦めてそう口にすればネノは頷《うなず》いた。

そんな俺達のことを朝食を取っている者達は呆《あき》れた目で見ていた。

俺に質問をしてきた冒険者は、世界中を旅しているソロの冒険者らしい。ランクも高ランクのようだ。へぇーって思った。名前はヴァイザックさんと言うそうだ。

この街に留《とど》まる間は、折角《せっかく》なのでレアノシアに泊まるつもりなんだとか。

ヴァイザックさん以外の宿泊客の中には、街に住んでいるが折角なので一泊したいと来た者もいるらしい。だったら明日はまた別の人が此処に泊まれるということだろう。

朝食を宿泊客達が食べ終わり、それぞれ行動を始める。ヴァイザックさんはこれから冒険者ギルドで依頼を受けるらしい。送り出した後に、昼食の時間がやってくる。

外で並んでいる人達は全員、食堂の昼食目当てだろうか。これも全員入ることは出来ないだろう。待ってもらうことになるが、それも仕方がない。

繁盛しているのは良いことだし、頑張るとするかと俺は気合を入れた。

昼食目当てのお客さん達が店の中へと次々と入ってくる。

外に並んでいた全員が店の中に入れるわけではもちろんないので、席に座れる人数だけを中に入れる。他の人達には申し訳ないが待ってもらうしかない。

これだけ並んでいるのは初日だからだろうか。……もしこれからもずっと毎日のように、人が並ぶのならば対策を考えなければならないだろう。

注文に応じて俺は料理を作る。ネノとメルは給仕に徹していた。ネノは会計もしてくれるが、メルに関してはお金の計算が出来ないので接客だけだ。

ネノとメルはお客さんによく話しかけられている。二人ともとても人気で、特にネノが人気者なのは、夫としたら嬉しいものだ。

まぁ、ネノが嫌がるほどに群がられると困るけどさ。

それにしても、予想外にどんどん人がやってきては、みんな俺の料理を美味《おい》しいと言って帰っていく。

美味しい、と言われると嬉しい。その気持ちが芽生えたのは、ネノに美味しいと言ってもらえたからだ。誰かに自分が作った料理を美味しいと言われると、それが嬉しいと知ったからこうして店をやろうと決めたのだ。

注文をネノとメルが取ってくれるので、それを順番に作っていく。注文の順番が前後してしまったら大変だから、間違えないように作っていく。

お会計を終えてお客さんが去ったと思えば、また入ってくる。

それが途切れることもなく続いていく。中に客を案内するのもネノとメルがやってくれていた。やってくる人達は、老若男女問わずだが、メル目当ての女性陣も多く見られた。人の姿をしたメルが美少年なのでキラキラした目で見つめている。中には危ない目をしている者もいるけれども、実害がないならばよいだろう。

「レオ、次はね――」

「レオ様、こっちはこれだよ!!」

ネノとメルの声を聞いて、反応をする。これだけ大量の料理を作ることは今までなかったことだから、その慌ただしさに驚いた。とはいえ、普段から体を動かしているから疲労するほどではないけれども。

それはネノやメルも同じだ。二人とも体力があるのでほぼ休まず働き続けていても疲れた様子はない。

ただ、短い昼ご飯の営業だけでこんなに忙しくなるとは本当に思ってなかった。

昼の営業時間が終わったらネノと一緒に色々と話し合いをして修正をしていかなければならないだろう。有名になるためには良いサービスが必要になる。俺がお客として此処に訪れた時に、どんな風な接客をされたいかを考えるといいかもしれない。接客業ならば、その方がきっと上手くいくだろうし。

とはいえ、俺自身も宿に泊まったことなどほぼないからな。そのあたりはネノの方が詳しいだろう。勇者として旅をしていたわけだしな。

忙しいけれど充実した初日だな、と料理を作りながら思った。

そうやって過ごしていたら、急に外が騒がしくなった。ざわざわとした声が聞こえてきて、何事かと少し驚く。

「メル」

「うん、レオ様、ちょっと僕見てくるよ!!」

メルの名を呼べば、メルは元気よく答えて外に出ていった。

……結構、忙しく動いているのだが、メルは本当に元気だ。俺やネノと同じぐらい体力があるんだろうか？　今度、体力比べでもしてみたいなと思った。

俺とネノが中で対応をしていれば、外の様子を見に行っていたメルが「レオ様ー！　ネノ様ー！　どっちか来て!!」と、呼ばれた。

食堂の中にいるお客さんには、料理が行き届いているので俺が外に出ることにした。

外に出れば、見知った顔がいた。

「おう、レオニードよ!!　店が開店したのだと聞いて俺が来てやったぞ!!」

……何故《なぜ》か仁王立ちをして、偉そうに腕を組んで得意げに笑うのは第二王子のテディである。

テディは数多く並んでいるお客さん達をかき分けて、店の前にいる。というか、先に並んでいるお客さんをかき分けるなよ。

周りが道を開けたからと中に入る気満々なテディを止めていたのは一人の騎士である。ネノと一緒に旅した騎士かな？　と思う。

とりあえず、

「中に入れて、飯を食わせろ。此処までやってきて腹が減っているんだ。俺はレオニードの料理を食べようと道中では我慢を――」

「いや、テディ、ちゃんと並べよ」

中に入る気満々のテディにそう言った。

テディはショックを受けた表情をしたが、それでも「食べたいなら並べ」と告げて、俺は店の中へ戻るのだった。

その後、無理やり入ってくることはなかったのでテディは大人しく並んだか、此処で食べるのを諦めたのだろう。

そう考えながら、戻ってからは料理を作り続けた。

＊

「レオニード、ネノフィラーよ!!　俺が会いに来てやったのだぞ!!　あとすまん。お腹《なか》すきすぎて他の所で食べてきた!!　此処は宿なのだろう？　泊まることは出来るか？」

昼食の時間が終わってから改めてやってきたテディは、自分が会いに来て嬉しいだろうとでもいうように、自信満々の笑みを浮かべて俺達の前に現れた。宿の前で騒がれても近所迷惑なので、中に入れることにした。昼食の時間が終わって、夕食の時間までは落ち着けるし問題はない。

偉そうに腕を組んでいるテディの後ろから「テディ!!　ネノフィラー様達に迷惑をかけないようにと陛下に言われただろうが!!　落ち着いたとはいえ、営業時間中にいきなり訪れるのは迷惑だ!!」と真紅の髪を持つ男が、鋭い目でテディを叱りつけるように言っていた。第二王子にこんな物言いが出来るとは、この騎士はテディと親しいのだろう。

「無理。第二王子、諦めて。もう満室」

「おお、ネノフィラーよ。相変わらず美しいな。そしていい加減、俺のことを名前で呼んでほしい!!」

「第二王子呼び、定着してるし……」

ネノはテディのことを名前で呼ぶ気はないようだ。ネノからしてみれば魔王討伐の旅の間は求婚してくる面倒な人間で、名前を呼ぶ気になどなれなかっただろうことは想像がつく。

ネノって基本的に他人に対する興味がない。俺が徐々に強くなって、ネノを追いかけてたら俺のことを好きになってくれたし、メルのことはもう一人の幼馴染《おさななじみ》的な感じで気に入っているが、それ以外の人に対してそこまで関心はないだろう。生まれ育った村の連中のことは気に入っているようだが、それだけだ。正直、共に旅をしたぐらいじゃネノの関心は彼らに向かうことはない。

「テディ、ネノと仲良くなりたいならもっと頑張らないと無理だぞ」

「一緒に旅をしたのにか……!?」

「いや、旅っていっても半年だけだろ。たった半年でネノと仲良くなれたら凄いことだからな……」

たった半年でネノと仲良くなれて、ネノが心を許してくれるっていうなら苦労はしないだろう。

「あと、後ろの騎士はネノと一緒に旅したドゥラ・カラスコさんですか？」

「はっ。そうです。私はドゥラ・カラスコ。騎士団長の位をいただいております。貴方《あなた》は、ネノフィラー様の伴侶であるレオニード様ですね。セゴレーヌ様とテディから話は聞いております」

偉く礼儀正しく俺にも接してきて少し驚いた。勇者パーティーって、ネノに夢中で、ネノの気を引こうとしているって噂だったからもう少し俺に敵対心でも持っているのかと思っていた。

そういえば、ネノって勇者パーティーの他のメンバー達に興味がないし、俺が聞かない限り話さないから騎士団長がどんな人間か聞いてなかったんだよな。

「俺に敬語は不要ですよ。俺はネノの旦那だけど、勇者ではないですからね。ただの一般国民に騎士団長がそんなかしこまるのはどうかと思いますし」

「えー、レオ様が一般人なわけないじゃん。レオ様が一般人だったらこの国凄いことになるよ!!」

「……メル、しーっ。レオが話してるでしょ」

口を挟んできたメルに、ネノはしーっとするように口に人差し指を当てる。可愛い。ネノに言われてメルは口を閉じる。メルは素直なドラゴンである。

「いえ、勇者様の伴侶で、テディに勝てるような存在には敬語を使うのは当然です。レオニード様こそ、私に敬語は不要です」

俺が敬語はいいと言っても頑固な男のようで寧《むし》ろそんな風に言ってきた。何度言っても敬語は不要と言うので、敬語をやめることになった。

「ドゥラさんは、ネノのことを好きだって噂だったけど……」

気になったことを問いかけてみる。

「ネノフィラー様は見たことがないほどの美しい方でしたので、惹《ひ》かれたのは事実です。しかし、ネノフィラー様は私に一切、興味はない様子でしたし、伴侶がいるということも聞いていたので諦めています。それに惹かれていたというのはどちらかというと恋慕というより尊敬の念です。私はネノフィラー様ほど強く美しい方を知りませんから。なので、テディの暴走は本当に申し訳なかった。私がテディのことを抑えるようにとセレゴーヌ様に頼まれていたというのにっ……。この馬鹿王子は目を離した隙にネノフィラー様を連れ戻すなどと言うわ、迎えに行くと飛び出すわ……!!

本当に馬鹿王子で申し訳ない。実力は確かなんだが、テディは馬鹿なんですっ……」

「おいいいいいい！　ドゥラ!!　馬鹿王子とはなんだ、馬鹿王子とは!!」

「はっ……。テディを馬鹿王子と言わずに誰を馬鹿王子と言うんだよ。昔から考えなしの行動ばかりっ……!!　付き合わされるこっちの身にもなれ！」

「ドゥラも楽しんでいる時あるだろうがー!!　あまり暴言吐くと解雇するぞー？」

「確かに楽しんでいることもあるが……、ネノフィラー様は何度も伴侶がいると言ってただろう!!　それにこちらに一ミリも興味がなさそうなのに、自分の花嫁にするとか馬鹿か!!　それと出来もしないことを口にするんじゃない!!　俺の解雇権はテディにはないからな。そもそも、テディは俺が騎士団長をやめたら困るだろうが！」

「……ふん、本気で言っているわけじゃないし。寂しいから解雇なんぞしないし!!」

「はぁ……本当に馬鹿王子だな。解雇されなければやめないから安心しろ」

……この二人、仲良しだな。あれだけ俺への敬語をやめる気がないって言ってたドゥラさんがテディにため口なのは、昔からの付き合いだからか。まぁ、さすがに公の場では敬語を使うだろうけど。

「ドゥラさんはテディと仲が良いんだな」

「私とテディは幼馴染でして、昔からテディとはこんな感じなんですよ。突拍子のないことを度々言って、その度に周りが大変な目に遭ったものです」

俺とネノのように、ずっと幼い頃から過ごしてきたからこその気安さのようだ。

それにしてもテディは悪い奴《やつ》ではないのは分かったけれども、確かに突拍子もない考えなしの行動をするというのであれば周りはたまったものではないだろう。幼いテディの無茶《むちゃ》ぶりに振り回される幼いドゥラさんの姿が簡単に想像が出来た。

幼い頃の俺とネノはどうだっただろうかと考える。ネノも幼い子供が実行するにはおかしなことをやっていた。しかし昔から普通ではなかったネノからしてみればそれは出来て当然ともいえることだったのかもしれない。平然と変わったことをしていたっけ。

そしてそんなネノに追いつきたくて俺も同じ行動をしてみたりして……。どちらかというとネノのことを真似《まね》しようとしていた俺の方が危険な行動をしていたと言えるかもしれない。俺の昔の行動も周りから見れば変だっただろうしな。

「へー。テディって昔からこんなに変なんだー。やっぱり変な人間だー」

「むっ、メルよ、俺は変な人間ではない!!」

「変だよ。僕、人間のことはそんなに知っているわけじゃないけど、絶対、テディって変だって」

「人間のことを知っているわけではない……？　メルは人間ではないのか？」

「へへ、僕はドラゴンだよー」

あ、この前、面倒だと思ってメルがドラゴンなことをテディに言わなかったのに、さらっとメルが自己申告している。

「ドラゴン!? メルはドラゴンなのか!? ドラゴンで人の姿になれるとは、高位のドラゴンか……っ。だからこそ、俺に勝つことが出来たのだなっ」

「ドラゴン? この子供がですか? ドラゴンまで従えているとは、さすが、ネノフィラー様とレオニード様」

テディとドゥラさんがそんな反応を示している。でも一つ訂正しなければならない。

「従えている、違う。メルは幼馴染みたいなもの。契約はしてるけど、命令はしない」

「ネノの言う通り、従えているとは違うな。メルはもう一人の幼馴染で弟みたいなもんだし」

契約はしているけれども従えている、というほど主従関係にあるわけではない。契約は結んでいるけれど、俺達の間にあるのは対等な関係で、命令なんてものはしないし。

こういう反応も嫌だし、メルのことを縛り付けるのも嫌だなと思ったからこそ、契約は結ばないって俺とネノは言っていたんだよな。メルが自分から結びたいって言うから結んだけど。

「そうだよ! 僕はレオ様とネノ様と一緒にいたいって思って、人里だと契約結んでいないと大変だからって理由で結んでいるだけだもん」

メル本人も笑みを溢《こぼ》して、そんな発言をする。

「そうなのか! 高位のドラゴンと対等な絆《きずな》を結べるなんて良いな!! 俺も是非とも対等な絆を結んだパートナーが欲しいものだ!!」

「申し訳ありません。従えるなどと言って不愉快な気持ちにさせてしまったでしょう。対等な契約を結んでいるというのは素晴らしいことです。……あとテディは、もしかしたら強い魔物と対等な絆を結びに行こうとか考えていないだろうな？　やめろよ？」

目をキラキラさせているテディにドゥラさんが忠告をしていた。

「何で分かったんだ!?　そして、何故止める？　このかっこいい俺がかっこいい魔物と対等の絆を結べたらとてもかっこいいだろう！　かっこよさが二倍、いやもっと凄いことになるはずだ！」

「かっこよさが二倍になるとかはどうでもいい！　そうではなくてテディは仮にも……一応、この国の王族だろう！　どうせテディのことだからその辺にいる魔物ではなく高位の魔物と対等の絆を結びたいって思ってるだろ！　そんな危険なことをわざわざ自分からやりに行くんじゃない!!」

「確かに俺はメルのような高位の魔物と契約を結びたいと思ったが……。高位の魔物と絆を結べればこの国にとっても良いことだろう!!」

「……確かに良いことであるとは言えるが、高位の魔物と契約を結ぶまでの過程で多くの者が犠牲になる可能性もある。それにテディだって命を落とす危険性がある。切羽詰まった状態でどうしても高位の魔物と契約を結ばなければならないって時ならともかく、多くの騎士を動員して皆死にましたじゃシャレにならないだろ」

「何を言う。そんなに騎士などいらない。俺は一人で行くぞ」

「だから、王族としての自覚を持てって言ってんだろうが!!」

……やっぱりメルがドラゴンだと告げたら、面倒なことをテディが言い出している。俺やネノに実害はないけれど、ドゥラさんが大変そうだ。

「明日ならば宿の部屋も空いているかもしれぬのだな？」

「ああ。ただどれだけチェックアウトするかも分からないし、何時頃空くかも分からないから朝から並んでもらうことになるぞ」

テディはどうしても『レアノシア』に泊まりたいらしく、明日には空いているだろうかとわくわくした様子だ。

それにしてもテディは王族という立場なのに、表情が豊かだ。

王侯貴族ってもっと自分の感情とか表に出さないってイメージを勝手に持っていたが、これだけ表情豊かで自由気ままなのはテディだからだろうか。

テディは俺の言葉に「王族の俺がまた並ばされるのか!?」などと声をあげれば、ドゥラさんに「何を権力を振りかざそうとしているんだ!!　本当に馬鹿だな、テディは。『レアノシア』に泊まりたいというのならば朝一から並ぶしかないだろう」と怒られて、「……うむ、仕方がないか」と素直に頷いていた。

此処で無理やり権力を行使したりせずに素直に頷くところはテディの良いところであると言えるだろう。少し考えなしで、馬鹿な発言をしたりもするが、ドゥラさんのようなストッパーがいればちゃんとまともにはなるようだ。暴走しがちだが、根が悪い奴でないことは分かる。

それにしても大人しく朝から並ぶ気満々とは、それだけ此処に泊まりたいのかと思うとその気持ちは嬉しく思う。ただ王族だろうが、他の客と同じ客なのでちゃんと順番を待ってもらうけど。

宿泊客にはこの街の人もいるし、明日には部屋も空きはするだろう。テディが朝一で並べば泊まろうと思えば泊まれるはずだ。

テディとドゥラさんは今日は別の宿に泊まると言って去っていった。去っていくテディ達に対して、ネノは特に興味なさそうにしており、メルは「またねー。テディ」と手を振っていた。

テディとドゥラさんが去った後、俺達は忙しくなる夕食の時間までに色々とやることを進めた。

夕食のための準備や、掃除をしたり、やることは色々とある。宿というからには、宿泊客にまた来たいと思ってもらえるようにすべきだろう。

今は勇者であるネノがやっている宿ということで評判にはなっているが、もっと快適に過ごせるようにしないとやっていけないだろうし。

最終手段として、宿の収入だけで生活出来ないなら魔物を狩ればいいんだけどさ。それでも宿をやると決めたからには宿の収入だけでやっていけるようにしたい。

まぁ、大体が自給自足しているからそんなにお金もかからないけれど。

そういえば、魚とか肉も宿で自給出来るようになった方がいいだろうから、そのあたりは開店してからの盛況が少し落ち着いてから考えよう。

「なんか人がいっぱい来るね。レオ様とネノ様がやっている宿だから当然と言えば当然だけど」

「開店したばかりだからだろ。今頑張らないと宿として一流にはなれないだろうな」

「そうなの？　今日はこんなに来ているのに？」

「そりゃそうだろう。宿としてやるからには客がもう一度来たいと思ってくれるような宿にしないといけないだろ。それにしばらく此処に留まるけれど、場所を移動していく予定だからある程度資金は稼いどきたい。次に何処行くかは全く決めてはないけど、金はあるだけあった方がいいからな」

メルは人の世界で長期間暮らしたことがないから、この初日の忙しさがずっと続くと思っているようだ。俺とネノがやっている宿ならばお客さんが来るのが当然だと思い込んでいる様子は本当に単純だと思ってならない。

色々と人の世界の常識を知らないメルには、出来るうちに色んなことを教えておいた方がいいようだ。メルにもこの宿の従業員として一人でお使いとか出来るようになってもらった方が俺達としても楽だし。

「メルはそのうちお金についてちゃんと学ぼうな」

「お金について？　それ覚えたらレオ様は嬉しい？」

「ああ」

「じゃあ、僕頑張る!!」

メルがにこにこと笑ってそう言えば、話を聞いていたネノがメルの頭を撫《な》でまわしながら「メルは、いい子」と満足そうに笑っていた。

しばらくして夕食の時間帯になってまた大勢の人がやってきた。夕食を食べるためにテディ達も並んでいた。周りは王子が並んでると少し騒がしくて、譲ろうとする者もいたようだが、「順番通りで構わない」と断っていたらしい。

ネノが俺の作った夕飯をテディの所へ運べば、美味しそうに料理を食べてくれた。美味しかったと口にして泊まっている宿に帰るテディは「明日は朝一で並ぶからな」と宣言していた。

そして翌日、実際にテディは一番前に並んでいた。

何時から並んでいたのだろうかと訝《いぶか》しめば「昨日テディは此処に泊まりたいと言い張って早寝したんです。子供でもあんなに早く寝ないってぐらいの早寝です。そして今日はとてつもなく早起きしてました」と付き合わされたであろうドゥラさんが疲れた顔をしていたのだった。

テディとドゥラさんはこの『レアノシア』に泊まることになった。というのも、一泊だけして宿を後にした宿泊客が運よくいたからである。

テディは俺とネノのやっている宿に泊まれることに対して、それはもう嬉しそうで、キラキラした目をして子供のようにはしゃいでいた。

テディって本当に王族なのかって疑うぐらい感情が顔に出ている。ドゥラさんに聞いたら第二王子だからこそ、これが許されているようだ。

もし第一王子でこの国を継ぐ立場だったら徹底的に教育を施されたであろうって言っていた。やはり王族だと大変なのだろう。テディがこれだけ自由に過ごせるのは勇者と共に旅をした実績があるのと、第二王子だからであろう。

「美味しいな」

朝からテディは朝食を頬張って満足気な様子をしていた。ここまで美味しそうな顔をされると嬉しい気持ちになる。やっぱり俺は自分の料理で、食べた人が満足してくれることが嬉しいのだ。

「レオニード様はテディに勝てるだけの強さを持ち合わせていて、なおかつこれだけ美味しいものを作れるなんて素晴らしいですね」

「私の、レオは凄いでしょ？」

「はい。凄い方ですね。今まで噂にもならなかったのが不思議です」

「私も、勇者にならなきゃレオと同じだった」

一心にご飯を食べているテディの隣に座っているドゥラさんが、接客をしているネノと話している。宿泊客しかいない朝食の時間帯だからこそ、こうしてゆっくり出来るのだ。

ネノの言葉を聞きながらそうだよなと思う。ネノが勇者に選ばれなければ、俺達は一緒に村から飛び出し、噂になっていくはずだったのだ。もし選ばれなければ、今と違った形になっていただろうか？　少なくとも無名からのスタートだとこんなに盛況にはならなかっただろう。まぁ、俺とネノがやることなんてどちらにしても変わらないだろうけれど。

「うまいな!!　レオニードよ、もっとくれ!!　レオニードのお勧めをくれ」

「まだ、食べるのか？」

「ああ!!　うまいからな!!」

テディは見た目はどこからどう見ても王子様って感じで、黙っていれば気品あふれる雰囲気なのだが、喋《しゃべ》るとなんだかイメージが崩れる。でもそういうところもテディらしいと思う。

「テディは昔から結構食べるんです。そして太らないから女性陣にはうらやましがられてる」

「ああ……セレゴーヌ姫もうらやましいって言ってた。私も太らない体質だから……いいなって、言ってた」

「……セレゴーヌ様は、その、気を抜くとすぐ体に出るのでな」

「そうなの？」

「そうです。幼い頃のセレゴーヌ様は、一時期甘やかされてお菓子ばかり食べていたので……、ふくよかでした」

「へぇ……」

ネノと仲良くしているセゴレーヌ姫とは、一度ぐらいは会ってみたいと思う。とはいえ、王女様なんてホイホイ会えるわけはないけど。……王子のテディがホイホイこちらにやってきているから王族ってすぐ会えるのかなどと勘違いしそうになるけど、そういうことはありえないし。

それにしてもセレゴーヌ姫って、美姫《びき》だって噂だけど、昔はそうだったのか。努力して綺麗になったんだろうし、そういう人間は好感が持てる。

テディが朝から沢山食べたがっていたのでどんどん料理を出した。何品か出したら満足したようで、「うまかった」とテディは笑った。

昼食までの間もテディは俺達と話したいらしく、食堂の椅子に座っていた。なんだろう、テディは俺やネノと話すのが楽しいようだ。

ドゥラさんは「食堂の掃除を手伝いましょうか？」と言ってくれたりしたが、お客さんにそんなことをしてもらうのはと遠慮した。

宿の仕事を進めながら喋りかけてくるテディに相槌《あいづち》を打つ。時々適当に返事をしたりしていたが、テディはそれでも楽しそうだった。

ドゥラさんがこそっと言っていたが、王子であり、なおかつ魔王討伐に行けるだけの強さを持っているテディは対等に話せる人がそんなにいないらしい。

「それでだな――」

「すまん、テディ。もうすぐ昼食の時間が始まるから食事を取るなら此処にいてもいいが、そうじゃないなら部屋に戻るか、外に出るかしてもらっていいか？　客入れるから」

いつまでも話を続けるテディにそう言えば、テディは「食べるぞ」と口にするのだった。

それからテディとドゥラさんは数日、『レアノシア』に滞在していた。

魔王を倒した第二王子であるテディと騎士団長であるドゥラさんが王城をこんなに空けていいのだろうかと思うが、まぁ、魔王が退治されたからこそ比較的世界は平和なのかもしれない。

それにしてもこんな風にテディとドゥラさんが楽しんでくれたのは良かったと思う。王族が泊まったってことで、王族も満足することが出来る宿だって宣伝にもなるだろうし。テディにはちゃんと許可をもらった。

テディは「是非、俺のことを使え!!」って喜んでいたのでメルにそういうチラシを作ってもらおうと思った。

開店してから数日間、『レアノシア』は盛況だった。勇者が始めた宿ということでとても評判になっている。宿の部屋は全て埋まったままなので、申し訳ないことに宿泊はお断りしなければならなかったけれど。もうしばらくしたら部屋も少しは空いて希望者を入れることも出来るだろう。

そんな感じで『レアノシア』は良い感じだ。

さて、そんな中でテディとドゥラさんが話している。

「ドゥラ、何でもう帰らなきゃならないんだ!!」

「……そろそろ帰らなければならないからだよ！　なんでも何もテディは第二王子だからな。仮にも。第二王子がいつまでもほっつき歩いてたら問題だろう。それに私も仕事を部下に任せている状況だからな」

「ならドゥラだけ帰ればいいだろう!!」

「駄目に決まってるだろう!!」

そろそろ帰らなければというドゥラさんと、まだ此処にいたいテディが口喧嘩《くちげんか》をしている。

「どっちでもいい……とりあえず、宿で騒ぐの駄目」

「ネノ様、追い出す？　出禁？」

ネノは騒いでいる二人にお怒りの様子で、メルは最近覚えたばかりの出禁という言葉を使って楽しそうにしているし。中々カオスな光景な気がする。まぁ普通の宿に第二王子と騎士団長がいるだけでもおかしいのかもしれないけれど。

「すまん。ネノフィラー、メルよ。出禁はやめてくれ。俺はまた来る!!」

「はい。じゃあ帰るぞ、テディ。テディも第二王子としてやることは色々あるんだからな？　そして婚約者候補が首を揃えて待っているぞ」

「俺はもっと強くて俺と対等の人間としか結婚はしないぞ」

「……あのなぁ、テディ。結婚する気はなかったとしても色んなところから縁談が舞い込んできているんだから会ってから考えよう。物理的にもテディより強い女性はそうそういないかもしれないが、セレゴーヌ様のように、精神的にはテディより強い女性はいるかもしれないだろう？　物理的にも精神的にもテディより強い存在なんてそうそういないからな？」

「……そうだな。高望みしてはならないな。しかし、姉上のような女性も良いな。姉上は強い女性だからな!!」

テディは王城に帰ったら婚約者候補と会わなければならないらしい。テディも年頃だし、結婚していてもおかしくない年だからな。

多分ネノも結婚してなかったらテディみたいに「結婚してくれ」って求婚者が多くて大変だったかもしれない。まぁネノは結婚していても魅力的だから求婚者はゼロとはいかないけど。

「レオニード、ネノフィラーよ、俺様は花嫁探しに行ってくる！　第二王子としての責務もきちんとこなす！　だからまた来たらもてなしてくれ!!」

さっきまで帰らないと口にしていたのに、ドゥラさんの言葉に花嫁探しのやる気が出たらしい。

「ああ。ただこの宿、時々移動させる予定だから次に来た時、此処にはいないかもしれないぞ」

「移動？」

そういえば、テディにはまだ言っていなかった。移動について説明すると、テディは目を輝かせていた。

「やはり、レオニードは凄いな!!　さすがだ!!」

新しいおもちゃを見つけた子供のように目をキラキラさせているテディは、本当に王族らしくないと思う。

「まだこの街にいるうちに来る!!　移動先とかは決まってるのか？」

「いや、その時の気分で行きたいように行くから決まってない」

「しかし移動式の宿とはいずれ噂になるだろう。噂が出たらそれをたどってすぐに行くことにしよう」

……それほど暇ではないだろうにそんなに来るつもりなのだろうか。王城の人達は大変かもしれない。俺には関係ないことだけど。

「あとジュデオンとボリスもそのうち来ると言ってたぞ!!」

誰だっけと思ったが、すぐに思い出した。ネノと一緒に旅に出た魔法使いと神官か。

「それとレオニード様、ネノフィラー様、魔王が倒されたことで宗教団体などが動いているようですのでお気を付けください。魔王を崇拝していた者はネノフィラー様を逆恨みしてますから」

そしてドゥラさんがそんな言葉も続ける。

その忠告には素直に頷いた。どんな相手が来たとしても俺とネノならどうにでも出来るだろうけれど、知っていれば対処のしようがあるから。

それにしても魔王を倒した勇者という立場だからこそネノは目立つ。良い視線も悪い視線も、沢山向けられるのだ。――なら、夫としてネノのことを何が何でも守らなければって思った。俺とネノは対等だけど、やっぱ好きな子は自分の手で守りたいって思うから。

そして、「じゃあな！」と口にしてテディとドゥラさんは帰っていったのであった。

第四章

— Chapter 4 —

祭りの準備

テディとドゥラさんが王都に戻ってから、ひと月ほど経《た》った。

その間、宿は盛況と言えた。開店して間もないからか、多くのお客さんが来てくれたし、繰り返し来てくれるお客さんもいて嬉《うれ》しい限りだ。

宿泊の方も今のところ連日満室で、この街に住んでいる人も興味本位で泊まっていたりもするけど、冒険者なども多く泊まってくれる。冒険者が此処《ここ》に泊まるのは、勇者とその夫のやっている宿だから興味があるというのもあるだろう。

このひと月の間に、力試ししてほしいとやってくる人も多くて、たまに相手をしている。まぁ、大体メルが相手をしているけれど。メルも一般的に見たら強いから、冒険者にも負けることはないし。

メルがドラゴンだというのは周りに広まっているわけではないので、色んな憶測が立てられているらしくて面白い。俺とネノの子供疑惑とか。人型のメルと同じぐらいの子供がいるとなると、子供を産んだ時、ネノ自身も子供だったってことになるけど。俺とネノが、人間ではないという噂《うわさ》もあるっぽい。有名になればなるほどそれだけ変な噂を立てられたりするものだよな。

俺は仲良い連中以外にはどう思われようが特に気にならないけど、客商売やっているわけだから、そのあたりはきちんとしておいた方がいいだろう。適度に場所を変える予定だから問題はないだろうけど、悪い噂が広まればお客さんが来なくなるかもしれないし。

「ネノ、今日もお疲れ様」

「うん。レオもお疲れ様」

「お疲れ様ー。今日はお客さんいっぱいだったね」

このひと月は開店直後でバタバタしていたけど、俺達もようやくこの状況に慣れつつあり、今日も仕事を終えてのんびりしていた。今のところ、これといった問題もなく、宿の経営は上手《うま》くいっている。

折角《せっかく》こうして宿をやっているのだから、今は色んな計画を立てている。ネノももっと宿をおしゃれにしたいとかそういう願望もあるみたいだし、少しずつ理想の宿に出来ればと思っているのだ。

もちろん経営面についても、色々考える必要がある。今のところは黒字だけれど。

「ネノ、貯金どれぐらいにするか？」

「ちょっとでいいと思うけど。私達、そんなお金使わないし」

「まぁ、そうだけど、何かあった時のために金はあった方が便利だろ」

「うん。そうだね」

結局、言ってしまえば俺とネノ二人で暮らすなら何処《どこ》でも暮らせるのだ。将来的におじいちゃんおばあちゃんになった時に人里が嫌になっていたら、山奥とかに住むのもいいかもしれない。
ただ何が起こるか分からないからまずはお金も貯《た》めてた方がいいだろう。あって困ることはない。
自分で服とかも作れるけど、何処か行った時にネノに可愛《かわい》い服とかアクセサリーとか買ってあげたいって気持ちもあるし。

「何買うかとか決めないとね」

「ああ。あと今のところは好調だけど、もっと評判になるために行動した方がいいか」

「うん。そのためには――」

と、そんな会話を交わしていたら、メルがやってきた。

「レオ様、ネノ様、お客さんだよー」

「客？」

「今、時間外だけど。宿は満室だし」

「あ、宿のお客さんじゃないよー。えっと前に会った人……誰だっけ、ああ、とそうだ、あのギルドマスターの人!!」

どうやら商業ギルドのギルドマスターがやってきたらしい。それにしても、メルはあんまり人間に興味がないこともあって、顔をちゃんと覚えていないようだ。

商業ギルドのギルドマスターが俺達に何の用だろうか。何かやらかしたわけではないし。そんな風に思いながら、商業ギルドのギルドマスターを中へと入れる。

「ネノフィラーさん、レオニードさん、お久しぶりだな。宿が順調なようで何よりだ」

ギルドマスターは、客として此処を訪れたことはないが、評判を聞いているのだろう。ギルドマスターはご飯を食べてきていないというので、もてなしのために一食作った。そしたら「混んでいるから遠慮していたんだ」と言って、この宿のご飯を食べられることを喜んでくれたのだった。

「ごちそうさま。美味《おい》しかった。レオニードさん。良い腕だな」

「ありがとうございます。それで、ギルドマスターは何のご用ですか？」

満足したように笑うギルドマスターに俺は問いかけた。わざわざ此処にやってくるということは用があるんだろうし。悪いことだったら嫌だなと身構えていたが、言われたのは予想外の言葉だった。

「ああ、そうだ。今回、此処に来たのは誘いに来たのだ」

「誘い？」

「この街でもうすぐ祭りがあるのは知っているか？」

ギルドマスターにそんな風に問いかけられた。そういえば街の住民達がそんなことを言っていた気もするが、そこまで詳しくは知らない。俺達はこの街に来て間もないし、なんとなくそういうのがあるんだなと知っているぐらいだ。

まぁ、祭りだと観光客も増えて、忙しくはなるかもしれない……客室は満室だから泊めることは出来ないが。影響があるとすれば、昼食や夕食の時間帯に客が増えるぐらいだろうか。

でも折角《せっかく》の祭りだから少しぐらいメルに任せて、ネノとぶらぶらしてもいいかもしれない。

「あるのだけは知ってる。それが？」

「祭りで屋台が並ぶんだが、折角なので屋台を出してみないか？　と思ってな」

祭りでは屋台がいくつも出されるらしい。飲食店を経営している者達は、総じて屋台を出しているそうだ。また他の街からも稼ぐために祭りの時期だけ屋台を出しに来る者もいるらしい。

「此処も軌道に乗ってきているが、もっと宿の名を広めるには屋台を出すのは効果的だと思う」

ギルドマスターはそう言って、続ける。

「屋台か……楽しそう」

ネノがそう言って、俺の方をちらりと見る。

屋台をやってみたい気はするけど、どうしようかとそういった視線だ。そういう表情をするネノも本当、可愛いと思う。

「俺も楽しそうだとは思うけれど、屋台を出すとしたら人手が足りないだろ。ただでさえ三人でやっているから下手《へた》に行動しにくいし」

宿は俺とネノとメルだけで経営している。経営を始めたばかりだから屋台とか考えてなかったしな。ただ、屋台をやるのに興味はあるんだよな。

「そこで提案なんだが、祭りの間だけでも人を雇わないか？」

「人を？」

「ああ。勇者のやっている宿に興味を持っている住民は多くいる。さすがに食事を作ることに関しては任せられないかもしれないが、接客ならば雇った者達でも出来るだろうから、屋台の接客を任せてもいいだろう」

ギルドマスターはそう言って、笑った。

その話を聞いて俺とネノは顔を見合わせる。隣にいるメルは「誰か雇うの？　屋台って前に食べたやつ？」と目を輝かせている。

「誰か雇うの、あり」

「そうだな。祭りの間ぐらいならいいか」

「……祭りが終わった後でもそのまま雇ってもらってもいいんだぞ？」

「んー、たまにならいい。でも、ずっとはやだ。あの宿は私とレオがやっている私達の愛の巣。関係ない人、あんまり入れたくない」

ギルドマスターはずっと雇ってもらって構わないというが、それは勘弁してほしかった。この街にいる間だけでも雇っておくのは構わないかもしれないが、折角家族経営の宿なのだから下手に人を入れたいとは思わないんだよなぁ。後々もっと大きくするとかなら考えなきゃだけど。

というか、ネノが愛の巣とか言ってくれるの可愛いな。ネノにとって俺と一緒に作ったこの宿が大切な場所だと思ってくれているだけでも嬉しいものだ。

「だよな。ネノ、俺も俺とネノの大事な場所に人はあまり入れたくない」

「うん。レオと私の大事な場所だから。そしてメルはマスコット」

にこにことネノが笑ってそう言う。ああ、可愛い。思わず抱き寄せてしまった。

「あー……仲が良いのはいいんだが、そういうのは俺がいないところでやってくれ。そこまで言うならずっと雇わなくても構わない。それで屋台はどうする？」

「そうだね。祭りの間だけ雇うのはあり。私かレオがいれば、食事はなんとかなる。私はレオほど料理作るの得意じゃないけど、大丈夫なはず」

「ネノの料理も美味しいから問題ないだろ」

「レオには負けるけどね……。祭りの間だけ、接客をする人を雇って宿と屋台の方にそれぞれ一人か二人置くでいいと思う」

「じゃあそうするか」

俺とネノの間でそんな結論に至った。そしてギルドマスターの方に向き合って、言う。

「祭りの間だけ雇うための募集って商業ギルドで頼めますか？」

「ああ。それは構わない。条件は何かあるか？」

「人として問題がない人。それならいい。変なのじゃなければ」

「まぁ、変なのでも僕がどうにでもするけどね」

ネノの出した条件に、メルは自分がどうにでもすると言ってにこにこしている。まぁ、雇うのは短期間だけだし、とりあえずは人として問題がなければいいか。変な人なら実際どうにでも出来るし。

「分かった。なら募集しよう。勇者の宿に変な人材を送る気はないからな」

ギルドマスターはそう言って去っていった。

「祭りの準備しないとな」

「屋台でどんな料理出すかも……」

「ああ」

さて、商業ギルドのギルドマスターに祭りに誘われたわけだが、こちらの方で準備をしなければならないことは色々とある。

まずは屋台でどんなものを出すのかということや、やってくる人材に対する教育も必要だろうし。

まぁ、何にせよ、新しいことに挑戦出来るのは楽しいから、どうせなら沢山売上をあげたいと思っている。

「普段から街で屋台で出しているものじゃない方がいいよな」

「うん、何がいいか考える。あと、ぶらぶらしたい」

「祭りでだよな。俺も祭りでネノとデートしたいって思ってる」

「ふふ、うん。私も。忙しくない時間、メルか商業ギルドからの人員に任せればいいし」

ネノが美しく笑う。こんな風にネノが俺に対して笑ってくれるだけで俺は幸せだ。

「えー、僕も一緒に行きたいよ!!」

「少しの間ぐらいなら全て臨時要員に任せられるならそれでもいいが」

「でも……レオと二人っきりでも回りたい」

「ネノ……俺も。メルがいても楽しいけど、ネノとデートもしたい」

「うん」

メルが一緒にいても楽しいだろうけど、ネノとデートもしたいのだ。ネノも同じ気持ちでいてくれていることも嬉しい。思わず抱きしめれば、ネノが笑う。

「もー、また隙あらばいちゃいちゃ!!　まだ昼の食堂の営業時間なんだから、もう少し自重してよ!!」

名残惜しいが、メルが煩《うるさ》いので仕方なく祭りの話に戻ることにする。

「ねーねー、僕は祭りの間、何したらいいの？」

「メルは此処で接客だな。祭りを見たいなら俺達が店を見ている間に見て回ってもいいけど。でもメル、一人で祭り行けるか？」

「大丈夫だと思う！　お金の使い方も少し分かってきたし」

本当に大丈夫なのか、と思うがメルは自信満々に大丈夫だと言い張っている。

街に来た当初はお金のこととか全く分かってなかったが、さすがに此処で手伝いをしている中でお金のことも理解してきている。ドラゴンの姿になることも最近は少ない。まぁ、宿で接客をするには人の姿の方がいいしな。

たまにドラゴンの姿になって、狩りしたりしているけど。

「ならいいか。問題とか起こさないようにな」

「うん。僕、見て回る時、ちゃんとやるよ」

「あとぶらぶらする時はこの宿の宣伝もするようにな」

「うん!!」

メルは一緒に行きたいと最初は言っていたが、一人で祭りをぶらぶら出来ると聞いてすっかり機嫌を直したようだ。

メルは単純だから、こういう時に別の話題にしたらすぐ機嫌よくなるんだよな。

「メルへのお小遣い、どのくらい渡す？」

「あー……そういえばそうだな」

メルはこの宿で働いてくれているが、「欲しいものあったらレオ様達に言う」とか言って、自分でお金を持とうとはしない。お金の扱いを少しずつ覚えてはいるものの、基本的に俺達と一緒にしか出かけないから必要ないみたいだが。

でも一人で祭りをぶらぶらするなら、メルにお小遣いもあげておくべきだろう。

「いっぱいあげるとメル、沢山使いそう」

「だな。でもメルにあげる用の給与、結構貯まっているよな」

「うん。貯まってる。メルが使いたいって言ったら渡す用のもの」

祭りが楽しみとはしゃぐメルは、俺達の話を聞いていなかった。

っていうか祭りでどんなものが出されるかとか、人間の祭りについてとかもメルは知らないよな。

俺達も大きな街での祭りは初めてだが、メルなんて人間の行う祭り自体初めてだろうし。

祭りでは……っていうか、何処にでもぼったくりのようなことをしてくる連中はいるから、それも注意しとかないといけない。

あとはメルの人型の見た目がいいから変な連中が寄ってこないとは限らない。

この街の連中はメルが勇者の身内って知っているから問題はないかもだが、他の街からも人が多く来るわけだし。

「あと、メルに色々注意しないと」

「ああ。そうだな」

「メルへ注意することもまとめる」

ネノはそう言いながら、呑気《のんき》に笑っているメルを見つめた。

「屋台で出す料理はどうしようか」

「ギルドに相談する？」

確かに俺達はこの街での祭りは初めてだし、一度ギルドで祭りのことを調査してから方向性を決めた方がよさそうだ。

「そうだな、商業ギルドに行ってみるか」

そんな結論に至って、俺はネノとメルに留守番を頼んで商業ギルドに向かうことにした。

「いつも出ている屋台のメニューか？　そうだな。此処は港街だから魚を使ったものが多いな。たこ焼きなんかも人気だぞ」

商業ギルドへ顔を出したら、商業ギルドのギルドマスターが出てきた。

別に俺が勇者であるネノの旦那であろうとも受付で話を済ませてもらっていいのだが、どうにも俺とネノのことを商業ギルドの職員が対応するのは荷が重いらしい。何度も来たら慣れてくれるだろうか？　というか、ギルドマスターは暇なのだろうか。

漁業が有名な街なのもあって、屋台で出されるものは魚類を取り扱ったものが多いらしい。

たこ焼きってあれか。小麦粉の生地の中にタコ系の魔物を入れて焼いたやつ。あれ前に食べたことあるけど美味しかった。宿では出してないからな。今度出してみるか？　っていうか、そういうのもネノと食べ歩きしたいな。

この街で出されるのが魚介類のメニューばかりだということで、俺達もそういう魚系で攻めるのか、それとも全く違うものを出すのかというのは悩みどころだ。魚を使ったものを出すにしても、普段から街で売りに出されているようなものは出したくない。となると、どうするか。

ギルドマスター室で話を聞きながら悩んでしまう。

「そうですか」

「何か悩んでいるのか？」

「屋台でどういう料理を出そうかっていうのを悩んでいるんですよ。そのために祭りがどういうものなのかもっと知った方がいいかと思って」

「どんなものでも勇者の宿が出す屋台なら人は集まると思うけどな」

「まぁ、それはそうですけど。俺もネノも勇者のネームバリューだけで商売するつもりはないですからね。それにやるなら適当にはやりたくないですし」

「……なんというか、勇者の夫と勇者っていうならもっとこう調子に乗っていてもおかしくないと思うんだが。特にレオニードさんの場合は、結婚していた相手が勇者なんてものになったわけだろ？　それでネノフィラーさんとの関係が変わらないのも凄《すご》いと思う」

　なんか、まじまじとこちらを見てそんなことを言われた。

　確かにそういう風に伴侶が社会的に特別な存在になったことで、変わってしまう関係があることは知っている。村長が昔話でそういう話があったって言っていた気がする。

　相手が特別になった。だから自分も特別なように振る舞う。相手が特別になった。だから自分では釣り合わない。そんな風に考える人って多いらしい。ぶっちゃけなんだそれって思う。

　特別になろうがなるまいが、その人自身であることには変わらない。確かにネノは勇者としての力を手に入れたけど、だからってそれでどうして俺とネノの関係が変わるって話になるのか。

　それにその特別になった本人も変わることもあるらしいけど、特別になったとしてもその人はその人自身だ。

　ありえないことだが、もしネノが勇者になったからと変わってしまったら、その時は話し合っただろう。俺がどれだけネノを好きか伝えて話す。もし俺がネノが勇者に選ばれて変わったらネノもまず俺と話そうとするだろう。それでどうにもならなかったら破局した可能性もあるだろうが。

「ネノはネノでそれ以外ではないからかな。俺が惚《ほ》れたのはただのネノであって、勇者ではないから。まぁ、勇者っていう称号も今はネノの一部だけど」

　俺はネノが好きなんだ。だから、勇者っていう称号はネノの付属品でしかない。その付属品が村人であれ、職人であれ、ネノがネノなら俺はそれでいいのだ。

「はぁー……かっこいいこと言うなぁ、レオニードさんは。そういう性格だからネノフィラーさんの旦那をやれるんだろうな」

　なんか感心された。

　俺にとって当たり前のことだけど、ギルドマスターからしたら当たり前の感覚ではないらしい。

「っと、話がそれてしまったな。それで祭りについてだったな。こちらで話をすることは幾らでも出来るが、本としてまとめているものもあるからそれを持っていってもらっても構わない。この街の歴史をからめて祭りについて解説をした本も商業ギルドの方で揃《そろ》えているんだ。お勧めの屋台特集なんてものもまとめられていたりするから、役に立つと思うぞ」

「ギルドマスターが構わないなら話をもっと聞いた上でその本も読みたいんですが」

幸いまだ忙しい夕食まで時間はある。ギルドマスターの話をもっと聞いてから、本を読んで戻っても間に合うだろう。

ギルドマスターが了承してくれたので、その後俺はギルドマスターの話を聞き、商業ギルド内で目的の本を読んでから戻るのであった。


「今回の祭りは、海の神に対する感謝を示す祭りらしい。いつも美味しい魚をありがとう、そしてこれからも無事に漁が出来るようにっていう祈願も込めてお祝いするらしいな。それもあって海産物をふんだんに使った料理が屋台では多いらしい。まぁ、此処の名物が魚だっていうのもあるだろうけど。神様に対するお祝いってことで、広場では海の神を楽しませるために踊りを披露したりするらしいな。港街らしい祭りだな」

「そうなんだ。海の神……。折角、此処でしばらくお店やるから、海の神、楽しませたいよね」

「そうだな。海の神が実際にこの祭りを見ているかどうかは分からないけれど、神に対して此処でお店をやっているのでよろしくお願いしますってことで何かやるのもありだな」

宿に戻って、俺はネノと会話を交わしていた。

神という存在は、人の世界に関わることはほとんどない。とはいえ確かに実在していて、時折この世界では神の奇跡と言われることが起こっているらしい。

そもそも、ネノの勇者としての力は女神ヒアネシアに与えられたものであるし、その存在を疑うはずもない。それに世界に神から神託を受けることが出来る聖職者や剣士なんて存在もいるし。神に選ばれた存在って、数は少ないけどいるにはいるからな。まぁ、俺はそういう神の奇跡というのを賜わったことはないけれど。

「海の上で魔法を打ち合ったりしてみるのもあり？」

「あー。許可が出たら空を魔法で彩ってみたりすると、海の神も喜ぶかもな。それか海に絵を描くとか」

「それもあり。あとで、ギルドマスターに聞いてみる」

海の神を楽しませるために何かやれないかなーとネノと一緒に話す。それかドラゴンの姿に戻ったメルの上から何かをしても楽しそうな気がする。

「そうするか。あと屋台で出すものは、海の神の祭りだし、海産物を使った焼きそばとかどうだ？」

「美味しそう。良いと思う。私、焼きそばも好き」

ネノはお気に召してくれたらしい。海鮮焼きそばを思い浮かべたのだろうか、嬉しそうな顔をするネノは本当に可愛い。まぁ、俺のネノはいつでも可愛いんだけどな。

「《時空魔法》で色々しまってあるから焼きそばを作るのは問題ないけど、どういう海産物を具として入れるかとかも問題だよな。あとは焼きそばを入れるための容器とかも用意しないといけないし。勇者の宿の出す屋台だから想像よりも人が来る可能性があるしな」

「うん。いっぱい、用意する」

「宿の方の料理と、屋台の方の料理の分担どうする？」

「交互で。両方やってみたいし。何日もあるし」

「それもそうだな。屋台用の衣装も用意するか？　それとも宿の衣装使うか？」

「んー、どうしよ？」

「俺としてみたら屋台仕様の特別な可愛い衣装着たネノも見てみたいなって」

「ふふ、なら、作ろう」

ネノは、可愛い衣装を着たネノを見たいと俺が言ったことが嬉しいみたいで、小さく笑った。

「屋台も作らなきゃな。商業ギルドの方でも貸してくれるらしいけど、自分達で作った方が後々も使えるし、色々改造も出来るからな」

「そうだね。大きさとかも確認しないと」

「あと場所だな。これも商業ギルドの方で振り分けるって話だからそっちの確認もしないと」

いざ、屋台を出すとなると、本当に色んな準備が必要だなとネノと話していて思った。でも、こうやってネノと一緒に祭りに向けて準備をするのは楽しいから問題ない。店をやっているわけだから、暇よりは忙しい方がいい。屋台の評判が良ければ、またこの宿の評判が上がるだろうし。

それにしても海の神って港街全てで信仰されている神なのだろうか。俺とネノの住んでいた村って、小さな村であんまりそういうのはなかったけれど、色んな神に捧《ささ》げる祭りがあるっていうのなら、各地を見て回って違いを確認してみても楽しいと思った。

「レオ、祭り、楽しみだね」

「ああ。楽しみだな」

「屋台、人気投票とかやるみたい。楽しそう。一位取れたら気分がよさそう」

屋台はお客さん達に順位付けしてもらう企画も開催されるようだ。良かった屋台のランキング。あとは商業ギルドが集計した売上ランキングとかもある。

やるからには一位を取れた方が気分が良いし、俺もネノも二位よりは一位の方が好きだ。出来ないより出来る方が嬉しいし。どうせなら一位を目指したい。

そういうので上手《うま》くいったらネノはきっと嬉しそうに、俺が大好きな笑みを浮かべてくれるだろう。俺はネノにそういう笑みをずっと浮かべていてほしい。もちろん、俺の隣で。ネノをずっと楽しませられる俺でいたい。大好きなネノのためなら俺は幾らでも頑張れる。

だから、気合入れて頑張ろうと俺は決意するのだった。

それはそうと、海鮮焼きそばを作ることを決めたので、その屋台の準備も着々と進めている。魔法を使いながら進めていくと、効率が良くていい。魔法が使えなければもっと屋台の準備は大変だっただろうし、こんな少人数で進められなかっただろうから、魔法が使えて良かったとほっとする。

「レオニードさん、祭りで屋台を出すんだって？」

「はい。出す予定ですよ」

「その間、宿はどうするんだ？」

それは開店してからずっと此処に泊まってくれている冒険者の言葉だ。俺とネノとメルしかいない宿で、屋台までやるということで宿を営業するのか心配になったのだろうか。

「それは安心してもらっていいですよ。その間は商業ギルドから人員を回してもらいますから。食事は俺とネノが作りますし」

「そうなのか。よかった。もし宿を休業するならどうしようかと思った」

そんな風に言ってくれるということは、この宿を気に入ったということだろう。やはり自分達が経営している宿を気に入ってもらえるというのは嬉しいことだと思う。

今は朝食の時間で、食堂には宿に泊まっている客しかいない。

朝食の時間以外はぶっちゃけ忙しくて、こんなにのんびり宿泊客と話すことは出来ないから、こうしてゆっくり宿泊客と交流を深められる朝の時間は有意義だ。昼や夜は宿泊客以外のお客が沢山来るからな。

「屋台にも是非寄らせてもらう」

「ありがとうございます」

俺がお礼を言って笑みを浮かべれば、冒険者も笑った。

それからしばらくして、宿を訪れる人物がいた。

昼食の時間が終わって、少しだけゆったりと出来る時間帯。その時間帯に、俺とネノとメルは屋台の準備に精を出していた。

こういう時間じゃないと進められないからな。宿泊客の対応もあるから、現在はカウンターにネノが立ってくれている。宿の外でせっせと屋台を作っていたら、声をかけられる。

「レオニードさん」

「あ、ギルドマスター。こんにちは」

声をかけてきたのは、商業ギルドのギルドマスターである。その後ろには二人の若い女性と一人の若い男性がいる。

「レオニードさん、少し時間良いだろうか。それとネノフィラーさんは？」

「時間は大丈夫です。ネノは中です。中に入りましょう」

俺はそう言って、ギルドマスター達を連れて中に戻った。それにしても連れてきた三人は、祭りの間の人員かな？　祭りはまだ先だけど、いきなり接客をさせるわけにもいかないしな。

中に入ればネノは、ギルドマスターの後ろにいる三人を見て少し不思議そうな顔をする。

「ギルドマスター、こんにちは」

「こんにちは。ネノフィラーさん。突然押し掛けてすまない。今回、祭りの増員のメンバーとして三人ほど連れてきたんだ。今回は顔合わせのために連れてきた」

やはり増員のためのメンバーらしい。ギルドマスターに促されて三人がそれぞれ自己紹介をする。

「私はヒアーといいます。よろしくお願いします。勇者様、勇者様の旦那様」

「あたしはウリアです。よろしくお願いします。勇者様、レオニード様」

「俺はキドエードです。よろしくお願いします」

それぞれ頭を下げる。ネノのことをキラキラした目で見ている。俺のネノは人気者だなと嬉しい気持ちになる。ネノはやっぱり俺にとって自慢の奥さんだ。

「私、ネノフィラー。……よろしく」

「俺はネノの夫のレオニードです。よろしくお願いします」

「僕はメルセディスだよ。よろしくね！！」

俺達もそれぞれ自己紹介をした。

若い男性はネノに恋慕などの感情は向けていないみたいだし、問題はないだろう。まぁ、向けていたとしてもネノは相手にしないだろうから問題はないけど。女性二人に関してはネノをキラキラした目で見て、メルの美少年ぶりにぽーっとしている。ちなみに俺は普通の顔だからそんな目で見られることはない。

「この三人を祭りの間手配する予定だが、問題はないだろうか？」

「ん。問題なし。問題あったら、言う」

「ああ。そうしてもらって構わない」

「費用は？」

「ああ。三人分で――」

と、話はとんとん拍子で決まっていって、彼らには慣れるために祭りの前から宿で接客をしてもらうことになった。

俺もネノも人を雇うことは初めてだし、どうなるかなとちょっと不安はあるが、頑張ろうと思う。

その日は顔合わせだけなので、翌日以降から三人がこの宿の接客に慣れるために実際に接客をするということになった。

ヒアーとウリアとキドエードが接客のために宿の食堂にいる。

彼ら三人のための制服は俺とネノで作って準備した。ヒアーとウリアも中々似合っているけれど、やはりネノが一番可愛くて、ネノが一番似合っていると思う。そう思うのは、俺がネノに惚れているからに他ならないだろう。好きな女の子が一番可愛く見えるのは当然であるのだ。

三人が揃って給仕に入る日もあれば、一人だけ給仕に入る日もある。三人とも接客業務の経験があるらしくて、接客を上手くやっている。

「新しく給仕を雇ったんだね。皆、制服似合ってるね」

「此処の制服、可愛いね。私もアルバイトしてみたいなー」

昼食を食べに来ていた常連さんの親子がそんなことを言っていた。俺達の作った給仕服が好評で嬉しい。

「祭りのため……他に募集、してない」

「そうなのー？　私こういう可愛いの着たい!!」

「ネノフィラー様、もしこういう可愛いの依頼したら作ってもらえたりする？」

「ん、時間あって、お金ちゃんと払うなら、いいよ」

なんか昼食を作っていたらそんな会話が聞こえてきた。

ネノも衣服作りを気に入っているみたいだし、宿の経営をちゃんとしながらなら衣服作りも問題ないだろう。

っていうか、ネノの衣服ももっと色々作ってもいいいな。ネノは可愛いし、色んな服が似合うだろうし。もちろん、買いに行ってもいいんだけど。

ネノの言葉に女の子は喜びの声をあげていた。他の客もその会話を聞いてちらちらネノの方を見ていたので、衣服に興味があるのかもしれない。衣服作りの窓口でも今度作っておこうかと考えた。

まぁ、ひとまず昼食の時間が終わってからだけど。

嬉しいことに、今も昼食の時間帯は多くの人が来店してくれている。俺はせっせと注文された食事を作っていった。今日は三人も給仕が増えているので、いつもより客に早く食事を提供することが出来てよかった。

「臨時の従業員、よく、働いてくれてる」

「そうだな、ネノ」

「うん。良いこと」

ネノは臨時の従業員がよく働いてくれることに嬉しそうな顔を浮かべていた。ギルドマスターが選別して連れてきた臨時の従業員だというのもあって本当によく働いてくれている。変な人や問題を起こすような人じゃなくて良かった。

昼食の時間帯が終わって、臨時の従業員達にもまかないとして食事を振るまった。

「美味しいです！　レオニードさん、料理上手《じょうず》ですね。これだけ料理が上手だからネノフィラー様の胃袋を摑《つか》めたんですか？」

「レオは、胃袋だけじゃなく、私の心、全部摑んでる」

ヒアーが無邪気に口にした言葉に、ネノがそんな嬉しいことを言っている。可愛いな、俺のネノって思うと口元が緩みそうになる。

「べた惚《ぼ》れですね。いいなぁ。私もそういう未来の旦那様に出会いたいです」

ヒアーは素敵な結婚を夢見ているらしく、いいなぁという目で俺とネノを見ながらバクバクと食事を取っている。

「メルセディス君は本当に可愛いですね」

「む、僕を可愛いって言わないで！　僕はかっこよくなるんだよ、ウリア！」

ウリアはメルの見た目を気に入っているのか、笑みを浮かべながらメルと話している。ちなみにメルはウリアに返事をしながらも俺の作ったまかないをどんどん口の中に入れていた。

「レオニード様、給与だけではなく美味しいまかないまで出してもらえるなんて、此処は良い職場です」

キドエードは黙々とまかないを食べていたのだが、よっぽど俺の食事を気に入ってくれたのかキラキラした目で俺を見てそう言う。気に入ってくれたなら良かった。まかないとして簡単に作ったものでも、美味しいって言われるのは嬉しいものだ。

「私のレオは、料理上手！」

ネノはキドエードが俺の料理を褒めたことに、自分のことのようにどや顔をして自慢していた。可愛くて、今すぐでも抱きしめて口づけしたい気分になる。さすがに臨時の従業員がいる中ではやらないけど。皆帰ったらネノのこと抱きしめようと思う。

「ああ、そうだ。屋台で出す海鮮焼きそばも今度試食してほしいんだが」

「いいんですか！　是非！」

俺の言葉にキドエードはものすごい勢いで食いついてきた。

美味しい海鮮焼きそばを作らないとな。お客さんが多く来るようにしたいし。

「レオ、屋台の衣装どうする？」

「そうだな。目立つようにまた作るか」

屋台は俺とネノが交替で焼きそばを作る予定なので、屋台にふさわしい服を用意しよう。違う衣服にした方がきっと目立つだろうし。どうしようかな。ネノは何でも似合うだろうけど……と俺はネノを見つめて悩むのであった。

ヒアーとウリアとキドエードも接客に大分慣れてきたと言えるだろう。今のところ、お客さんからの評判もよく、問題も一切起こっていない。もっとも勇者のやる宿で望んで問題を起こそうとする人がいないからということも一つの要因であろう。

下手に何かやらかせば、ネノや俺、メルに追い出されるだけだと分かっているだろうから。

新しく出来たお店が好調だったりすると、治安の悪い場所だと潰しにかかられたりするからな。

「レオ、海鮮焼きそば出来そう？」

「ああ。今のところ、順調だ」

折角屋台を出すのだし、お客さんが喜ぶようなものを作りたい。大まかな材料などは決めているけど、もっと美味しくするためには？　とずっと考えていた。

それで結論、今はソースづくりをしている。此処は海が身近にある街だからこそ、魚介類を多く手に入れることが出来るし、それを使ったオイスターソースを作ろうと思っているのだ。焼きそばにオイスターソースを絡めるのは、想像しただけでも美味しい。

というわけで、牡蠣《かき》型の魔物を倒してきたので、《時空魔法》に保存してある牡蠣の殻を剥《む》いたりなど下処理をする。なんだか凶暴な牡蠣型の魔物ほど、美味しい傾向にあるように思える。まぁ、例外はあるけど。

《時空魔法》を使えば新鮮な状態のまま保存が出来るし、《時空魔法》を磨いて良かったとこういう時に思う。

とりあえずある程度の準備が出来たので、試作品を作ってみることにした。そして、ネノ達に是非食べてもらおう。自分で味見をしながら少しずつ分量を変えていき、味を調整していく。

例えばオイスターソースに使う牡蠣の魔物の種類を変えたり、混ぜる調味料の種類や分量を変えたり、焼きそばに使う麺を変えてみたり、お肉の種類を変えたり、味付けを変えたり、海鮮類の種類を変えてみたり——とそれぞれ変えてみる。人によって好みの味というものが違うだろうけれど、屋台に出すならば万人受けするようなものが良いだろうし。どれも美味しく感じるけれど、俺の好みだったらこれかなーとか思いながら色々作った。

「レオ様、レオ様、それ美味しそう。僕も試食していい⁇」

試食用に沢山作っていたら、メルが涎《よだれ》を垂らしながら寄ってきた。その美味しそうな匂いに気づいてやってきたようだ。

「ああ。でもちょっと待て。ネノ達を呼んでからな。一緒に食べてもらうから」

「はーい！　呼んでくる！」

元気よく返事をして、ネノ達を呼びに向かった。メルは早く食べたいようで、凄い勢いで駆けていき……あ、こけた。慌てるから……と思いながらメルの背中を見送った。ちなみにメルはドラゴンなのもあって、このくらいでは怪《け》我《が》などしない。

メルがネノ達を呼びに行っている間に、試食してもらうための準備をした。

そうしている間に、ネノとウリアをメルは呼んできた。他の二人は今は休憩時間というのもあって、此処にはいないようだ。まぁ、あとで出そう。

「美味しそう。さすがレオだね」

「レオニードさん、本当に料理が上手ですね」

ネノとウリアがやってきて、テーブルに並んでいる海鮮焼きそばを見てそう言う。

俺が促せば、メルも含めた三人は海鮮焼きそばを食べ始めた。

「美味しい。一つ一つ、ちょっと味違う」

「ああ。どれがいいかちゃんと研究してから出したいから」

「ふふ、そういうの徹底するの、レオ、さすがだね」

「こういうのはちゃんとやる方が楽しいからな」

「だね」

ネノと一緒に笑って、そんな会話をする。こんな風に笑い合える日々が楽しいなと思う。

「レオニードさん、私はこれが好きです!!」

「ウリアはそれが好きなの？　私はこっち」

「んー、俺はこっちなんだけど」

「僕はこっち!!」

それぞれ好みが違うようだ。どれが一番良いだろうか。うーん、悩みどころだ。どれも美味しいとは思うのだが。

「ばらけるか。他の二人にも食べてもらってから考えようか」

「そうだね。でもどれも美味しけど、ちゃんと徹底したい」

「だな」

ひとまずどれが好みであるかとか、もう少し甘い方がいいとか、色んな意見を三人からもらった。

メルやネノも意見を率直に言う方だから、そういう意見はとても助かる。多くの意見をもらえればもっと改善していけるからな。

「レオ、今度、海鮮焼きそば作る時、私も手伝う」

「ああ。そうだな。ネノの意見ももらえたら良いものが出来そうだし」

「うん。私、頑張る。美味しいものをレオと一緒に作る」

ネノはそうして小さく笑った。

試食品は出来たが、もっと美味しい海鮮焼きそばを作りたいという気持ちは強い。だから、ネノと一緒にもっと美味しいものを作る。

「レオ、これ美味しいね」

「ああ。美味しいな」

現在、ネノと一緒に試食品を作り続けている。

海鮮焼きそばで色んな種類を作っているけど、ネノと一緒に試食品を作っているとつい楽しくなってしまった。俺もネノもどちらかというと、やるからにはとことんやるタイプなので、今、俺とネノの周りには沢山の試食品があふれている。

大量の海鮮焼きそばは余ったものを、全部《時空魔法》で中にしまう。さすがに少し味を変えているとはいえ、同じものをずっと食べ続けると飽きが来てしまうのだ。

メルもさすがに食べすぎて飽きてきたって言ってたしな。お客さんに出すと祭りの時のインパクトもなくなってしまうし。

「レオ様、ネノ様！　夜の食堂の開店の時間も迫ってるでしょ。いつまでやってるの？」

「ああ、確かに。そろそろ終わるか」

「ありがとう、メル」

昼食と夕食の間の空いている時間に試食品を作っていた俺達は、メルにそんな風に声をかけられた。熱中してしまっていたらしい。

「というか、二人とも試作品食べすぎじゃない？　太るよ？」

「大丈夫だ。その分、運動しているし」

「うん。太ったら痩せればいい」

「太ってもネノはきっと可愛いよ」

「ふふ……でも、一番可愛い私、レオに見せたい」

ネノが可愛いことを言っている。というか、俺のネノ、本当に可愛いと思う。思わず頬が緩んでしまうのは、俺のネノが最高だからだ。

「もー。いちゃつきすぎだからね!! そんなちゅっちゅってしそうな雰囲気やめてよねー!!」

そんな風に俺とネノにメルはそう言うのだった。


それから夕食の時間を乗り切って、ネノとメルと一緒にのんびり過ごす。


「レオ様、ネノ様、祭りの準備終わりそう?」

「ああ。大丈夫だ。海鮮焼きそばだけどんな風にするかは悩んでいるが、それだけだしな」

「大丈夫。メルの心配、いらない。私達、ちゃんとやる」

メルはこういう準備をしたことがないからか、心配らしい。まぁ、俺とネノがいつまでも海鮮焼きそばに手間取っているからかもしれないけれど。

それにしても祭りでどんなことになるのだろうかと、楽しみになってくる。ネノと何かをするというだけでも楽しいし、生まれ育った村ではこんな大きな祭りなかったし。

ちゃんと屋台用の衣装の準備もしている。あとは、魔法の打ち合いを海の上でしていいかって交渉も商業ギルドのギルドマスターに問い合わせしてる。なんか中々返事が来ないけど、もしやれるというのならば盛大にやりたい。

夜なのに元気にはしゃいでいるメルの様子を見ながら、俺とネノは二人で長椅子に座っている。

「決めることも沢山あるな」

「うん」

「でもこうやって決めるのも楽しい」

「だよね。楽しい。レオと一緒、何でも楽しい」

俺が話しかければ、ネノも俺にべたっとくっついたまま会話を交わす。家にいる間はいつもネノとべったりくっついているけど、さすがに仕事中はこんなにくっつけないから。仕事にならないし。メルには「いや、十分いちゃついている！」と言われているけど、これでも自重しているのだ。

そんな風にべったりしながらのんびり過ごしていたら、来訪者があった。こんな仕事終わりに来訪者が来るとは思わなかった。

宿の客だったら呼び出し出来るようにしているし、宿の客ではないだろう。

そんなわけで誰だろうと思いながら扉を開ければ、商業ギルドのギルドマスターと知らない年配の男性がいた。この男性は誰だろうか。何だかいかつい顔をしていて、強そうな面立ちをしていた。

「夜分にすまない。レオニードさん、ネノフィラーさん」

「構わないですけど、その方は？」

「……冒険者ギルドのギルドマスターだ」

商業ギルドのギルドマスターにそう言われて、俺は少し驚く。

茶髪の刈り上げの男は、俺のことを見下ろしている。背も高いし、威圧感凄いな。ちなみにネノとメルは「誰？」と言いながら、顔を出している。

「それで、どういったご用件でしょうか」

「……冒険者ギルドに登録してもらいたいのだ」

冒険者ギルドのギルドマスターは急にそう言った。そういえば最初に商業ギルドに行った時に、冒険者ギルドのギルドマスターが冒険者登録してほしがってるみたいな話を聞いていたっけ。

……それにしてもわざわざ訪ねてくるのか？　どれだけ俺達に冒険者になってほしいのだろうか。その行動力に俺は驚いてしまう。

「すみません。俺もネノも冒険者ギルドに登録するつもりはありません」

俺がはっきりとそう言えば、商業ギルドのギルドマスターはやっぱりといった表情をした。それに対して、冒険者ギルドのギルドマスターはムッとした表情を浮かべて、口を開く。

「何故《なぜ》だ。勇者とその伴侶であるのならば、冒険者ギルドは手厚く歓迎するのだが」

「そう言われましても、俺もネノも冒険者として活躍をしたいわけではありません」

冒険者というのは夢ある職業である。名をあげればそれだけ英雄とみなされ、富も女も何もかも手に入ると言われている。代わりにそれだけの冒険者になるためには無茶《むちゃ》をしなければならない。高位の冒険者になりたいと夢見て、冒険者になったものの芽が出ずに諦める者は多数いると聞く。それどころか道半ばに命を落とすような者もいるぐらいだ。

ぶっちゃけ、俺はネノと平穏に過ごせればそれでいいので、進んで危険を冒してまで冒険をした

いとは思っていない。そもそもどこかに所属すればそれだけ何かややこしい案件が待っているものだ。商業ギルドは店をやるために必要なので登録したが、冒険者ギルドは登録する必要性が感じられない。

　俺とネノなら高位の冒険者にはすぐになれるだろうが、ややこしい制限をかけられたり、強制依頼が発生したりするらしいし、やっぱり登録する必要は皆無だと思う。

　それにしても何でそこまで俺達に冒険者ギルドに登録してほしいのか。正直冒険者になりたい奴《やつ》なんて世の中に幾らでもいるのだから、わざわざ冒険者ギルドのギルドマスターが訪ねてくるのがよく分からない。

「……どうしてもか」

「はい。というか、そもそも何で俺達にそんなに冒険者になってほしいのですか？」

「勇者とその伴侶が冒険者ギルドに所属することを皆が期待している。それにこの街で登録をしてくれれば、此処は勇者が冒険者登録した街として有名になることだろう」

「客寄せにされるのは嫌」

　ネノが冒険者ギルドのギルドマスターの言葉に眉を顰《ひそ》める。

　この冒険者ギルドのギルドマスター、嘘《うそ》がつけなさそうだ。馬鹿正直にそういうこと言わなくていいのに。そう思っていたら「言い方があるだろ」と商業ギルドのギルドマスターに怒られていた。

「……勇者の伴侶はともかく、勇者はあれだけ強いのだから冒険者ギルドに登録すると思っていた」

「強いから登録するってなんでそう思ったんですか？」

「あれだけ短期間で魔王を滅ぼせるほどに強いのだ。ならば戦う以外に生きる道などないだろうと思っていた。勇者ほどの戦力を宿屋にするなど、信じられないことだ」

うーん、あくまで冒険者ギルドのギルドマスターからしてみれば、ネノは勇者でしかないのだろう。勇者であるネノしか見ていなくて、そこにいるネノって女の子のことは見ていない。

というか、強いからこそ戦う以外に生きる道がない、というのがよく分からない。強さはともあれ、生きる道が一つしかないなんて決めつけるのは生きにくそうだ。

どんなに弱くても戦いの道を選ぶことは出来るし、戦いしかしてこなかったとしても、他の道を選ぶことも当たり前に出来ると思う。

そもそも信じられないとか言われても、そんなの本人の自由で、周りがどうこう言うことではない。

「なんか煩いね、この人!!　レオ様、ネノ様、追い返す？」

「いや、そんな実力行使しなくていい」

メルが面倒そうに冒険者ギルドのギルドマスターを睨《にら》みつけている。

「力があろうが、私の自由。私、宿やりたいから」

「そうですね。強さは関係なしに、宿をやることを選んだのは俺とネノです。そして冒険者ギルドは所属を強要することは許されていないはずです。お引き取り願えますか」

ネノに続いて俺が言えば、冒険者ギルドのギルドマスターは予想外の表情を浮かべた。

「……そうか」

なんかさっきまでムッとしていたのに、急に落ち込んだような顔になって俺は困惑する。この人がどういう人なのか出会ったばかりというのもあっていまいち分からない。

横暴で無理やり所属させようとしているのかと思ったのだが、違ったのだろうか……と思っていると商業ギルドのギルドマスターが俺達に言う。

「すまない。こいつはギルドの連中にこの街に勇者夫婦がいるのに冒険者ギルドに所属しないのは何故だ、と散々言われているようだ。こいつが勇者夫婦に何かしたから来ないのではないかなどと言われて、どうか所属してくれないかと此処まで来たのだ。会話が得意ではないが、悪い奴ではないのだ」

「そうですか……」

「それで直接説得しに行ったという事実があればギルドの連中も多少は納得するだろうということで連れてきた。こいつは……自分が頼めば所属してくれるかもと期待していたようだ。もう連れて帰る。夜分にすまなかった」

「あ、はい。大丈夫です」

「ほら、謝るんだ」

商業ギルドのギルドマスターが冒険者ギルドのギルドマスターに促せば、「夜分にすまなかった。

これで明日にでも報告が出来る」と口にする。よっぽど色々言われていたらしい。その後、「本当に所属してくれないのか？」と名残惜しそうに見られたが、断っておいた。

ちなみに帰り際に「魔法の打ち合いの許可も出た」というのも知らされた。


「ネノ、魔法の打ち合いどうする？」

「海の上でやる。私がレオも浮かせる」

「それで派手にやるか」

「うん」

許可をもらったので、二人で派手にやることにする。海の神へと捧げるものだから、神は派手好きってイメージが強いし、喜んでくれそうな気がする。

ちなみにギルドマスター達が帰って、メルは眠くなったのか先にすやすやと眠っている。なので、二人で話している。

「私もそう思う。海の神、性格分からない。でも伝承で伝え聞く神、大体が派手」

「だな。ド派手にいこう。実際に神が見ているかどうかは分からないが、気に食わなかったとしても何かあるわけじゃないし」

「うん。あと、ヒアネシア様も楽しませる」

「そうだな。勇者の力をネノにくれた女神だしな。それに一夫一婦制を推奨しているありがたい女神だし」

「うん。結婚神聖視、助かった」

「だよなー」

折角なので、勇者であるネノのことを見守ってくれているであろう女神・ヒアネシアにも向けて魔法を捧げたいというのが俺とネノの共通の思いである。

ネノが勇者だと発覚した時はマジかとは思ったものの、この勇者の力はネノの助けになっている。魔王を倒した後も奪い取るわけでもなく、そのままネノが使ってていいよとしてくれているあたりとても太っ腹な女神だと思う。期間限定で貸すのではなく、一度与えた勇者の力は、魔王討伐後も使えるようにしてくれてるのは凄いよなと思う。

「お祭り、楽しみ」

「俺もネノと一緒に思い出を作れるの楽しみだよ」

「レオとずっと一緒、沢山、思い出作る」

祭りの日は、着々と近づいてきている。屋台の準備もあるし、祭りのためにやってくる客が宿に泊まるかもしれないからそのあたりの対応もするとして、魔法の打ち合いもやる。こう並べてみると、色々手広く俺もネノもやることになるなと思う。

全ての準備をするのは大変な部分もあるけど、やっぱり楽しいから俺達は色々やっているのだ。

「テディ、また来るかもな」

「第二王子、煩い。来なくていい」

「ネノが嫌なら、来たら俺が相手するよ」

王子であるのだから忙しいだろうに、テディなら祭りと聞くとやってきそうな気もする。

「一緒に二人でも時間ある時、楽しむ」

「ああ。一緒に見て回ろう」

「美味しい屋台料理、食べたい。レオとあーんとかし合いたい」

なんだかネノが可愛いことを言っている。こういう可愛い部分を見せるのが俺だけにだと思うと、本当にネノのことが愛《いと》おしい気持ちになる。俺もネノにあーんをしたい。その表情はきっと可愛いだろう。

「そういえば、冒険者ギルドのギルドマスターは大変そうだったな」

「うん。でも冒険者、ならない」

「俺達が冒険者登録しないのは悪いなとは思うけど、それ以外には何も思えないし」

「うん。私達、関係なし」

冒険者になるもならないも俺達の勝手だし。勇者とその夫だからといってそんな干渉される筋合いはないし。

ただ冒険者ギルドのギルドマスターなんてものをやっているにもかかわらず、要領が悪すぎないかとは思うけど。もっと周りへの対応とかきちんとすれば、そういう訳の分からないことで責められるなんてことはないだろうに。それかそういうことを言わせないほど特別だったりしたら別かもしれないけど。

「こっちから何かする気はないけど、もしそういう場を見たら行動はするけどな」

「レオは、優しいよね」

「いや、俺は優しくないだろ。俺はネノが幸せに過ごせればそれでいいんだよ」

「私も。勇者だけど、レオのために魔王倒した。レオのもとへ早く帰る。それだけ考えてた」

ネノと二人で肩をくっつけ合って座って、そんな会話をする。

俺ももし彼が責められている現場を見たら口出しするかもというだけで、すぐにどうこうしようなんて意思はない。見かけなければそのまま放置する気満々だ。

ネノも人族の希望として、人族を守るために半年で魔王を倒したと言われているのにその台詞《せりふ》は勇者らしくはないだろう。でもこういうぶれないネノが俺は好きだなと思う。

「俺のもとへ帰ってきたいと思ってくれてありがとう、ネノ」

「当然。レオのもとへ帰るため、私は戦った」

「俺はネノが傍《そば》にいてくれて、今幸せだよ」

「ん、私も」

メルがすっかり眠っているのをいいことに、俺とネノは自室へと向かった。

それからしばらくして——ついに祭りの初日がやってきた。

第五章

— Chapter 5 —

港街の祭り

祭りが始まった。

街中がお祭りムードへとなっている。

その熱気と、お祭りの雰囲気に俺まで楽しくなってきた。何よりもネノと一緒に、祭りを堪能することが出来るのだと思うと、楽しい気持ちが湧いてきて仕方がなかった。

「じゃあ、ネノ。俺は今日は屋台に行くから」

「うん。私、宿を守る。料理、する」

俺が屋台に行くと告げて、宿を出る時にネノは頑張るといった表情を浮かべた。

表情はあまり動いていなくても、やる気を見せていることが分かって、可愛《かわい》いなとそんな気持ちが芽生える。ネノは本当に、いつでも可愛い。

今日は俺とヒアーが屋台の方に出ることになっていて、屋台の設置場所で落ち合うことになっている。どのくらい屋台の方に客がやってくるか分からないから、とりあえずそういう体制にした。

ちなみに俺とネノの魔法の打ち合いに関しては祭りの最終日に行う予定だ。

一応海鮮焼きそばの材料はかなり多めに補充してある。どのくらい忙しくなるかは分からないが、なるべく多く売ろうと思っている。

そんなことを考えながらヒアーとの待ち合わせ場所に向かった。

ヒアーは俺が来る前から「此処《ここ》で勇者様と勇者様の旦那様の屋台が開店しますよー」と宣伝をしまくっていた。初日からやる気満々である。

この祭りを目当てに街の外からも多くの人が訪れるから、その客も呼べたらいいんだけど。宿の方はネノに任せているから、問題はないだろう。ネノも宿で頑張っているのだから、俺も頑張らないと。ネノにふさわしい夫でありたいし。

屋台を《時空魔法》で取り出すと、周りで見ていた人々から「うわあああ」という歓声があがる。これで目立って、客が増えたらいいが。

折角《せっかく》の屋台なので、この場で注文を受けて料理することにしている。作ったものをそのまま《時空魔法》から取り出す形も出来たけど、それだと折角の屋台って感じがしないしな。

ヒアーと一緒に準備を終えてから、屋台を開店する。

その頃にはすっかり周りには人が集まっていた。商業ギルドのギルドマスターの計らいでよい場所に屋台を構えることが出来たしな。屋台には『レアノシア』と勇者の文字が書かれている。

屋台を開店すると同時に、沢山の人が並びだす。

中には割って入ろうとする客もいたが、それに対しては俺が魔法を使って対応をした。ヒアーに良からぬことをしようとした人もいたので、それへの対処も。うん、幾ら屋台が忙しかったとしても、従業員に対してのそういう態度は見過ごすわけにもいかないし。

ちゃんと並ばない相手も水属性の魔法を使って対応した。俺が一番得意なのは《時空魔法》だけれど、水属性の魔法も使えるのだ。《時空魔法》ほどは使えないけど。

ネノは勇者としての力だけではなく、魔法も得意だ。ネノは風魔法とかも得意で簡単に使いこなす。やっぱりネノは凄《すご》いなと思う。

「これ美味《おい》しい」

「この街の特産物を使ってるのね」

「焼きそばだ！」

勇者に関連する屋台だから人が集まっているのもあるだろうけれど、こうして食べた感想が聞こえてくると嬉《うれ》しい気持ちになる。

やはり、こうして作ったものを楽しんでもらえるのは良いなと思う。会計をヒアーに任せたのもあって、俺は作る方に専念出来る。

ずっと屋台で売り続けていれば、驚くことに一日の屋台の販売想定量がもうなくなった。思ったよりも客がやってきたらしい。翌日の分を使うことも考えたけれど、一旦今日は屋台を閉めることにした。

並んでいたお客さんには悪いけれど、祭りを目一杯楽しみたいからな。でもこれだけ一日で売れるのならば、祭りの間毎日ずっと屋台を出すのではなく、適度に屋台をやらない日を挟んでもいいかもしれない。そのあたりはネノと相談だな。

朝から屋台を開けたけれど、四時間ほどで焼きそばは全部売り切れてしまった。まだ昼時だ。夕方まで屋台をやるのならば一度昼に屋台を閉めて、昼食を食べて再開しようと思っていたけれど予想以上に売れるのが早かった。これは昼過ぎから始めた方がいいだろうか？

初めての屋台だし、色々とどのようにすべきかをきちんと考える必要がある。

俺はそんなことを考えながらネノの待つ宿へとヒアーと共に戻るのであった。

「おかえり、レオ。早かったね」

「ただいま、ネノ。思ったより売れ行きが良かったんだ」

ネノがおかえりと、俺の体に抱き着く。可愛い。俺が思ったより早く帰ってきて嬉しかったみたいで、少しだけ顔をほころばせている。

俺が屋台で海鮮焼きそばを売っている間、ネノは昼食の時間帯をきっちり乗り切ったようだ。

「私、頑張った。料理、嫌いじゃないけど、あれだけ忙しく作るの大変。レオ、やっぱり凄い」

「頑張ったな、ネノ」

「うん。頑張った。……レオ、疲れたでしょ、料理、作る」

ネノが俺にそう言ってくれて、昼食を作ってくれる。ネノの作ってくれた料理はお肉と野菜を炒《いた》めたものだった。美味しい。ネノが作ってくれたのだと思うとより一層美味しく感じられるものだ。

「ネノ、美味しいよ」

「ありがとう」

昼食を食べ終えた後、ネノに屋台の話を振る。

「今日思ったより焼きそばが売れたからどうしようか？　前倒しで翌日の分を使うか？　それとも夕方から売るとか時間帯変えるとか」

「どっちでも、よし」

ネノはそう言って、続ける。

「レオがしたいようにして、いい。私はどっちでも楽しめる、思うから」

ネノの言葉に確かになと思う。前倒しにしても、屋台を開ける時間を変えても、どっちにしろ楽しめる。ネノと一緒にやっていることだからこそ、何よりも楽しいという気持ちになれるんだ。ネノも同じ気持ちでいてくれることが嬉しい。

でもそうだな、下手《へた》に今日と開ける時間を変えたら今日買うことが出来ずに明日買おうと思ってくれているお客さんが困るかもしれない。そう考えると同じ時間で固定の方がいいかな。

「じゃあ、明日も同じ時間から売ろうか」

「うん」

「まぁ、今日は上手《うま》く売れたけれど、明日はどのくらい売れるか分からないしな」

「大丈夫。レオが考えたの、凄く美味しい。売れないわけない」

「そうだといいな」

ネノはいつも嬉しいことを言ってくれる。それにそれが本心だと分かるからこそ、余計に心が温かくなる。ネノは嘘《うそ》は吐《つ》かない。こういう時にはちゃんと自分の気持ちを口にする。

幼い頃、ネノについて回る俺にもネノははっきり言っていたっけ。幼い頃のネノは俺に特別な感情が一切なかったから、本当に冷たかったなと思う。

昔のネノを思い出すと、今、ネノが俺のことを好きでいてくれているのは奇跡のように感じる。

「明日はネノが屋台行く？」

「うん。私が、売る」

「ネノが売っていたら余計に売れそうだな」

なんたって勇者だし、ネノは俺にとって世界で一番可愛い存在だし。ネノがいれば皆、買いに来るだろう。というか、ネノの手料理ってだけでお金出す価値あるだろうし。

「今日はこの後どうする？」

「宿でのんびりする。明日は見て回りたい」

「そうだな。明日は今日よりももっと早く売れそうだし」

「明日、メルや雇った子達に店番頼む？」

「ああ。そうだな。少し手当も多くすれば問題ないだろう」

「うん。そうだね」

今日は雇っている人達は、この時間は自由時間にしている。ヒアーも宿に戻ってから自由時間にしたし。

急に此処にいてもらうことにしてもアレだしな。明日はこの時間には此処にいてもらうように言っておかないと。

ちなみに、メルは昼食の時間帯が終わったあとは祭りに出かけたらしい。ネノが「出かけていいよ」と言ったらすぐに「行く!!」と喜んで飛び出していったそうだ。

ある程度、お金の扱いは教えたし、大丈夫だとは思うけど……何か問題を起こさないかだけが少し心配だ。

「ネノは何を見たい？」

「何でも。どれでもきっとレオとなら楽しい。あ、美味しいものは食べたい」

「そうだな。沢山美味しいものあるだろうから、色々食べたいよな」

「うん」

祭りって色んな楽しみ方が出来ると思うのだ。美味しいものを食べられるのもそうだし、見たこともないような光景を見られるかもしれないのもそうだし。

ただ宿の中で、祭りの賑《にぎ》わいを感じられるだけでも楽しい。

俺とネノ、一人ずつならば今日でも見て回れるけど、出来たらネノと二人で回りたいしな。だから、明日楽しむ。

「メル、色々買うって」

「無駄遣いしなきゃいいけど」

なんだかはしゃいだメルが色々買い込んでいる様子が目に浮かぶ。こういう時ははしゃぎそうだからな。

まぁ、メルが面白そうなものを見つけてくれたら、明日そこも見て回ろう。

そんな風に考えながら、俺とネノは夕食の時間帯になるまで、明日祭りで出かけるためにも色々準備をしたり、のんびり過ごした。

夕食の時間帯に、ヒアー達は戻ってきていたけど予想外にメルが戻ってこない。何処《どこ》で何をしているんだか……。人の姿のメルは愛らしい少年だし、変な人についていってなければいいけど。

「メル、帰ってこない」

「楽しくて遊んでいるのか、誰かについていっちゃったのか……」

「戻ってこなかったら、探し行く」

「ああ、そうだな」

ひとまず、夕食の時間帯を乗り切らなければならない。そういうわけでメルのことは戻ってこなかったらその後に探しに行くことにした。

「レオニードさん、注文です」

「こっちは――」

夕食の時間帯、『レアノシア』にやってくるお客さんは絶えることがなかった。

お祭りだというのもあり、外からも多くの人々が訪れている。俺達の宿は部屋数が少ないから、泊まっているお客さんは少ないけれど、此処の噂《うわさ》は出回っているのか沢山の人が訪れた。

メルも戻ってこないし、本当に祭りのために人を雇っていて良かったと実感する。それにしても、沢山の人達が俺の作った料理を美味しい美味しいと食べてくれることは嬉しい。その笑顔を見るだけで、俺の心は満たされる気持ちになる。

ただ祭りで人が多く訪れているからだろうか、マナーが悪い客も中にはいた。

俺とネノとメルはともかく、雇っているヒアー達は、普通の街の人である。少し荒っぽい見た目の男に声をかけられて体を震わせていた。中には無理やり遊びに出かけようと誘う者もいて、見かねてネノが間に入っていた。

……というか、あの男、ネノまで誘っているというか、ネノを見て下卑た笑みを浮かべている。ネノがばっさりあしらっていた。さすがに勇者であるネノに実力行使をしようとはしていなかったが、そういうのが来られると対応は出来るが、困るなとは思う。

そんなことを思っていたら、外で喧噪《けんそう》が起きていた。俺は一旦料理を作る手を止めて、「外見てくる」とネノに言って外に出た。

「了解。その間、私、作る」

と代わりにネノが厨房《ちゅうぼう》に入ってくれた。

外に出れば――、なんか喧嘩《けんか》をしている冒険者風の男達がいた。

外の列の整理をキドエードに頼んでいたのだが、キドエードは男達の間でおろおろしている。というか、他のお客さん達が困っているから、早く止めないと。

「何をやってるんですか」

近づいてそう言えば、言い争いをしていた冒険者がこちらを見る。

「なんだ、てめぇ!!」

「こいつが、割り込んできたんだ!!」

「そうですか。えーと、キドニード、実際どうだったんだ？」

そう問いかければ、キドニードがちゃんと説明をしてくれた。

キドニードが言うには、「割り込んできたんだ」と主張した男の方が割り込んでいたらしい。で、怒っている方は割り込まれて怒っていたようだ。

それにしてもわざわざ嘘を言うとか……あれかな、俺が嘘を信じると思ったのか。周りに口止めをしていいと思ったのか……。あとはそうだな、やっぱりメルが外で列の対応をしてくれた方がいいな。メルなら見た目でなめられたとしてもこういう馬鹿はどうにでも出来るし。

嘘をばらされた男は今にもキドニードに殴りかかろうとしているし、俺は素早くそちらに行って、とりあえず男の首元に手を当てる。

「いっ……」

いつの間に、とでもいう風に男が青ざめる。

「今すぐ去るなら見逃すけど、どうする？」

――お前なんてどうとでも出来るという気持ちを込めて、そう告げる。

そうすれば男はさらに青ざめて逃げるように去っていった。

「あ、ありがとうございます。レオニードさん」

「大丈夫です。引き続き列の整理よろしくお願いします」

俺はそう言って店の中に戻った。

全然メルが戻ってこないから、夕食の時間が終わったら探しに行かないとなと改めて思った。

そんなこんな、些細《ささい》な問題は起こったが、無事に夕食の時間帯は終わった。

「メル、帰ってこないな」

「うん」

「俺がちょっと探しに行ってくるから、しばらく頼んでいいか？」

「うん。いってらっしゃい」

ネノとそのような会話をして、俺はメルを探しに夜の街へと向かった。

夜でも、祭りが行われているからか、街は賑やかだ。通常だと、夜は店が閉まっているが、祭りの期間はこれだけ明るくてそれはそれで楽しいなと思う。

それにしても、メルは何処に向かったのだろうか。

初めての祭りではしゃいでいたりするのだろうか……などと考えて、色んな場所を歩く。だけど、メルは見つからなかった。迷子ってことでギルドマスターに協力をあおぐか？　と思い始めた頃、急に海の方で大きな音がした。

それと同時に「ドラゴンだーー」という声や悲鳴があがっている。……メルか？　と、俺は海の方へ向かった。それにしてもメルだとしたらこんな街の近くで何をやっているんだか。

海に近づけば、海中で何かが動いてバシャバシャと音がし、水しぶきが飛んでいる。うわ、めちゃくちゃ水飛ばしてるし。

鳴き声もあげているし、夜に鳴いていると絶対近所迷惑なんだが。

海ではメルがドラゴンに戻ってはしゃいでいた。

美しい巨大なドラゴンが、海に浸《つ》かっている。その周りを、街の人々が興味深そうに見ていたり、怯《おび》えていたり、中々混乱した状況である。俺はメルに近づいていき、声をかける。

「おい、メル、何してるんだ」

『レオさまぁー？　あはははは、楽しいよー』

……メルの思念を聞いて、確信した。

メルの奴《やつ》、お酒を飲んでやがる。誰だ、メルに酒を飲ませたのは。

「メル、帰るぞ。子供なのに、何を酒なんか飲んでいるんだ」

『うー？　レオ様、帰るってー？　僕もっと、バシャバシャしたいぃい』

帰るぞと口にしたが、メルはもっと水遊びをしたいと口にして実際にバシャバシャと海の中を動く。それと同時に、海水が飛んでくる。メルは俺と水遊びをしているつもりらしく、俺に向かって海水をかけようとしているのだ。

巨体のドラゴンの水遊びというだけでも、普通の人にとっては死活問題である。俺に向かって飛んでくる海水の量はそれはもう多い。俺はその飛んできた海水を全部《時空魔法》でしまった。

それにしても酒に酔っていないメルならば、俺が帰るぞと言ったらすぐに水から上がるだろうに今日のメルは聞き分けが悪い。というか、酔いやすいタイプだったのだなぁ……とちょっと驚く。

俺もネノもお酒は成人してからそれなりに飲んではいるが、こんな風に酔わないしな。

「メル。遊びたいなら遊んでやる」

このままドラゴンの姿のまま、宿まで連れて帰るのも大変なので、思いっきり疲れさせて人型に変化させようと考えた。

さて、それでもこんなに街に近い位置でそういうことをやるわけにはいかない。酒に酔っているメルがどれだけ街に被害を与えるか分からないしな。

そんなわけでまずは魔力を使った力業でメルの巨体を浮かせて、陸地から離れた場所まで移動させる。俺も魔力で足場を作っていき、そちらへと飛び移っていく。

『あれええ、水は？』

空中でバタバタと体を動かしているメルは、水がないことにご不満なようだ。酔いをさまさせるためにも、俺はそのままメルを海へと落下させる。

『ん？』

急な浮遊感に襲われたメルは、不思議そうな顔をする。平常時のメルならば、このまま翼を広げて飛び上がるだろうが、今のメルは酔っぱらいである。そのままバッシャーンと大きな音を立てて海へと落下した。

『しょっぱい!!』

海水を大量に口に含んでしまったらしいメルが苦しそうな声をあげる。メルは甘い物が好きなので、海水のしょっぱさはお気に召さなかったんだろう。

だけど、結構な量の酒を飲んだのか、それともメルがよっぽど酔いやすい体質なのか、まだ酔いはさめないようだ。

「メル、遊ぶぞ」

『んー？　遊び？』

不思議そうな顔をするメルに向かって、《時空魔法》でしまっていた魔法を解放する。それは自分の魔法やネノの魔法が多い。俺は《時空魔法》以外はネノほど簡単に魔法は使えないので、時間をかけて練り上げた魔法をいつでも使えるように《時空魔法》で収納しているのだ。

収納していた魔法を次々とメルに向かって解放すると、メルははっとしたように反応を示す。

メルは何だかんだいって上位種のドラゴンなので、このくらいの魔法で死ぬことはない。

『まほー!!　よけるー』

自らの危機を感じ取ったメルは舌ったらずな言葉でそう言って、体を素早く動かして避《よ》けていく。メルはなんというか、巨体でも素早くて、その素早さにはびっくりする。まぁ、俺もメルを疲れさせることが目的で、本気で狙いにいっているわけでもないからというのもあるだろうけど、よくもまぁ酔った状態で器用にこれだけ避けられるものだと思う。

こんなことに魔法のストックを使うとは思わなかったけれど、仕方がない。そう割り切って、どんどん魔法を解放していけば、さすがのメルも動きが鈍くなってくる。

あと少しずつ正気に戻ってきたのか、『あれ、何これっ』という声をあげていた。そろそろ大丈夫だろうかとそのタイミングでメルに声をかける。

「メル、酔いはさめたか？」

『へ？　酔い？　あれ、僕、何してるの⁇』

「酒を飲んで酔って、海にいた。とりあえず人型になれ。連れて帰るから」

『そうなのぉ？』

と口にしながら、酒に酔い、海で暴れ、疲れたのかすっかり眠たそうなメルである。

俺の言葉をちゃんと理解したのか、メルは次の瞬間人型になる。って、このまま海で人型のまま寝たらメルは溺死する気がする。慌てて引き上げて、メルを抱えて、宿へと戻ることにした。

海の上で色々やらかしていたこともあり、海岸には沢山の見物人が集まっていた。寧《むし》ろ、事情を知らない人には祭りの催しのように思われているようだ。拍手をされても、ただメルを連れて帰ろうとしただけなのだが……。というか、海の上で魔法を打ち合う催しは別の日に予定しているのに……。とりあえずさっさとネノのもとへ戻ろうと、俺は急いで宿に向かうのであった。

宿に戻れば、メルがすやすやと眠って俺に抱えられてきたことにネノは驚いていた。事情を説明すれば、「メルにお酒、駄目。覚えた」と口にしていた。

目が覚めたら何で酒を飲んでしまったのか、メルに話を聞かないと……。

「メル、結局昨日は何であんなに酔っていたんだ？」

「……うー、なんか勧められて飲んだとこまでしか覚えていない」

メルは結局、翌日の朝になるまで目を覚まさなかった。目を覚ましたメルは、よっぽどお酒に弱いのか、いまだにぼんやりした表情を浮かべている。本当にこいつ大丈夫だろうか？

「他に覚えていることは？」

「んー。話しかけられて、飲んだら記憶ない」

「誰に話しかけられたんだ？」

「なんか男の人？　遊びに行こうとか言われた」

……こいつ、自覚ないだけでナンパか誘拐されかかってたのではなかろうか。ちょっとだけ心配になってしまった。

「メル、これから気を付ける」

「うん……僕、お酒は飲まない」

「うん。それがいい。メル、まだ子供」

　ネノがそう注意をすれば、メルは素直に頷《うなず》いた。自分が迷惑をかけてしまった記憶も何となく残っているらしい。

「……ごめん、レオ様、ネノ様」

「反省しているならいい」

「うん。反省しているなら、いい」

　俺とネノがそう答えれば、メルは安心したようにふぅーと息を吐いた。

「メル、大丈夫？　今日、働ける？」

「うー、大丈夫。ネノ様、屋台行っていいよ。僕、頑張る」

　メルは少しふらふらしているものの、接客はちゃんと出来るらしい。そんな風に言われて、ネノは「じゃあ行く」と口にして屋台に向かった。

　今日は屋台に出るのはネノなので、ネノの分まで料理を作って頑張ろうと思う。

　ネノが出かけていったあとも、メルの顔色はそこまでよくなかった。メルに聞いた限りはお酒も一杯しか飲んでないらしいのに……。

　それにしてもメルはドラゴンだから人間よりは丈夫だし、酔っ払っても問題ないかもしれないけど……、下手にドラゴンを葬れるような強い存在がいたのならば危ないと思う。少なくとも俺とネノが生きている間はメルが危険な目に遭わないようにはしようと思っているけど。

今日はウリアが屋台の方の手伝いに向かい、後の二人は宿で接客をやってもらうことになっている。朝から話をつけて、ネノと一緒に出掛けられるようにしているし、楽しみだ。

そんなことを思いながら昼食の時間を迎えた。

昼食の時間帯の込み具合は普段よりも凄かった。外で「何で入れないんだ」みたいな喧噪になりかけていたけれど、まだ酔いがさめないと言いながらも何だかんだメルが対応した。

少し手加減が難しかったみたいで、一人を教会送りにしたようだけど、まぁ、すぐに治ったようだし問題はないだろう。

あとは「今日は勇者様はいないのか」「勇者様に会いに来たのに」と文句を言っている客もいた。

この街の住民達はともかくとして、外から来た人達は俺のことを侮っている節がやはりあった。勇者のやっている店だから、問題を起こす奴はいなかったけどネノのネームバリューからしてみれば俺はただの一般村人でしかないしなぁ。

そんな風に思いながら注文に応じて次々と料理を作っていたら「ただいま」とネノが帰ってきた。

まだ昼食の時間なんだが……もう売り切れたのだろうか。早くないか？　と思いながらネノに「おかえり」と声をかける。

ネノが店に現れた瞬間、お客さん達はネノの登場に興奮した様子を見せる。

「ネノ、早かったな」

「うん。すぐに売り切れた」

「さすがネノだな」

「うん」

ネノは頑張ったよ、と言いながら俺のいる厨房へ入ってくる。ネノは本当にマイペースだと思う。

「ネノ、お疲れ様」

「ん」

頭を撫《な》でればネノが幸せそうに微笑《ほほえ》む。やっぱりネノは可愛い。

それでざわめきが起きていたが、俺は気にせずにネノに話しかけた。

「ネノ、これから接客出来るか？」

「うん」

ネノは俺に褒められて、満足したようで着替えるために奥へと入っていった。

ネノが着替えて戻ってくれば、益々《ますます》、店の中はざわめいていた。特に女性三人組の冒険者パーティーはネノのファンなのか、きゃーきゃー言っている。その中の一人は、俺を睨《にら》むように見ているし……。ちょっとめんどくさい。

などと考えていたら、その冒険者がネノに話しかけていた。……かと思えば、ネノが急に不機嫌になっていた。

「私、接客中。それに私のこと、言われる筋合いなし」

ネノはそれだけを告げて彼女達と話すのをやめた。少し不機嫌そうだが、接客中なので、放り出すことはしないようだ。

……それにしてもネノをこれだけ不機嫌にさせるとか、何を言ったんだか。ネノが追い出すほどではないにしろ、不機嫌になることを言ったんだよな。

などと考えながら、昼食の時間を乗り切った。ネノを不機嫌にさせたからか、それ以上ネノに絡んでいなかったし。

昼食の時間帯が終わってから、ネノに聞いてみる。

「ネノ、何を言われたんだ？」

「私にはもっとふさわしい場所がある、みたいなの」

「そうか」

「うん。悪気なしに言ってる。タチ悪い」

ネノはそんなことを言う。

どうやらネノに憧れているらしい女性三人組の冒険者パーティーは、善かれと思ってネノに色々話しかけたようだ。

なんだろう、悪意があって話しかけてくる人よりも、悪意なしに善かれと思って行動を起こす人の方が何をしでかすか分からないものだしな。変な行動を起こさなきゃいいけど。

「ただいま……変な人に絡まれた」

メルが外から戻ってきて、うんざりしたようにそんなことを告げた。

「メル、どうしたの？」

「なんか絡まれた。……勇者様によろしくお願いしますとか、勇者様には世界のために行動してほしいとか言ってた」

それを聞いて益々、ネノの機嫌が悪くなった。さっきネノに絡んでた女性パーティー達は、メルにも絡んでいたらしい。

見た目が子供のメルに対してお菓子をあげようとしたみたいだが、さすがに昨日お酒をもらって酔った後だし、もらわなかったらしいけど。

「ネノ、祭り見て回るか？」

「うん」

ネノに機嫌を回復してもらうためにも、元から予定していた、祭りを見て回るデートに向かうことにした。ネノの手を取れば、ネノは微笑む。

「またいちゃいちゃして……。店は僕達でちゃんとするから、お出かけ楽しんできてね！」

メルにそんな風に送り出されて、俺とネノは祭りを見るために宿を後にするのだった。

ネノと一緒に宿の外に出る。

二人で外に出ると何だかそれだけで楽しい気持ちになる。というか、ネノがいてくれるだけで俺は幸せなんだけれど。

二人で恋人繋《つな》ぎをして歩く。まだ日は高く、明るい中だと祭りの飾りなども目立たないけれど、それでも試行錯誤で彩られている飾りなどは見ているだけでも祭りって感じで楽しい。

ネノが嬉しそうに俺の隣を歩いているからというのもあるだろう。勇者であるネノが此処にいるということで、ちらちらとこちらを見てくる人達がいる。こうして注目を浴びているのは、さすが俺のネノだなと思う。

「レオ、何見る？」

「ネノは何がいい？」

「レオと一緒なら、何処でも」

ネノはそんな可愛いことを言う。本当に俺のお嫁さんは可愛いなって毎日のように思ってしまう。

そうして歩きながら、広場の方で踊っている一団を見かけたのでネノを誘って見に行くことにする。どうやら海の神様への奉納の舞として踊っているらしい。洗練された動きが揃《そろ》っていて、皆楽しそうでいいなと思う。踊っている人の中に、俺達の宿に来たことがある顔も見かけた。

皆頑張っているんだなと思うと、よりいいなぁと思った。

「ネノ、凄いな踊り」

「うん。でも見とれちゃ駄目」

「見とれないよ。俺が見とれるのはネノだけ」

「ふふ。嬉しい。レオが喜んでくれるのなら、私も踊る」

「ネノが踊ってくれるの？」

「うん。もちろん、二人の時。レオ、楽しませる」

ネノはどうやら俺だけのために踊ってくれるらしいので楽しみにしておくことにする。ネノは俺がやってほしいと言えば結構色々やってくれたりするし、ネノが俺のことを愛してくれているんだなと実感して何だか嬉しくなる。

「ネノ、なんか食べるか？」

「うん」

踊りが終わったあとは、ネノと一緒にぶらぶらと歩く。まだ俺達は昼食を食べていないので、何か美味しそうなものがあったら食べてみようと思う。

自分でも料理をするから、美味しいものがあれば、今後の宿屋で提供する料理の参考になるしな。

「あれ、食べよう」

「うん」

ネノの言葉に俺は頷いて、二人で魚の串焼きを食べることにする。美味しそうだ。あと小麦粉の生地を巻いて焼いたものとかも食べた。中に卵や魚が入っていてとても美味しい。

「ネノ、これ美味しい」

「うん。こっちも」

それぞれ味が違うものを頼んだので、互いに美味しいと言いながら食べる。ネノが食べかけのものを俺の口元に差し出す。

「食べる？」

「ああ」

ネノからあーんをしてもらって食べる。美味しい。代わりにネノにも俺の食べかけのものを差し出せば、ネノはぱくりと食べた。

「美味しい」

嬉しそうに笑うネノを見ると、可愛いなぁってまた思う。周りで一人でいる男達が「うらやましい」とか「チッ」とか言っているのが聞こえてくる。俺が可愛いネノといちゃいちゃしているのが気に食わないらしい。羨ましいだろって気持ちになった。

「……レオ、あれ」

食べ歩きをしながらぶらぶらしていると、ネノが俺に声をかけてくる。どうしたのだろうかと思いながらそちらを見れば、小さな男の子に何かを勧めている男達を発見した。

……まさか、メルにお酒飲ませた連中だろうか？　真っ昼間から子供にお酒を飲ませて何をしようとしているんだか。しかも子供は無邪気にそれを飲もうとしているし。

念のため声をかけることにする。俺もネノもそういうのが嫌なので、阻止することにした。

「何をしている」

「なんだ？　って、勇者とその夫!?」

そう言いながら、こちらを見る男達は何だか顔色が悪くなる。やっぱやましいことしていた？

と思っていたら男の子は「勇者様だー!!」とネノを前に大興奮である。

「ちょっと、それ借りる」

「これ？　うん」

男の子が持っていた飲み物をネノが受け取り、ぺろりと舐《な》める。

「ん、アルコール」

「やっぱりか」

ネノの言葉に俺は男達を見る。男達が逃げようとしたので俺はさっと彼らを拘束しておいた。

不思議そうな顔をしている男の子のことは、ネノが相手している。

「あの人、悪いことしようとしてた」

「勇者様が助けてくれたのー。わーい」

などと嬉しそうな顔をしながら、男の子はネノに懐いている。俺達が男達を拘束しているから、注目を浴びている。

「で、何しようとしていたわけ？　メルにも何かしようとしていただろ？」

「ええと……その」

「いいから吐け」

俺はそう言って男を軽く蹴り付ければ、男達は自白し始めた。

「……えっと、俺達は可愛い男の子が好きです」

おおう……変な趣向を持っているらしい。で、好きだからって何で酒飲ませようとするのか。

「へ、変なことしようは思っていないけど、酒に酔った可愛い男の子と仲良くしたいと」

「いや、アウトだろ」

さすがに小さな男の子にそういうことをしようとは思っていなかったらしいが、酒を飲ませようとするあたりアウトである。酒を飲んで素をさらした男の子と仲良くしたかったらしいが。

というか、何でメルはこんな分かりやすく怪しい連中から酒を受け取って飲んだのか……。

とりあえずこの連中は警備に突き出して、男の子の親を探すことにした。

「勇者様と旦那さんと一緒に祭り見れるの！　やったー」

俺とネノが助けた男の子は、親とはぐれているというのに俺とネノと一緒に祭りを回れるからとはしゃいでいる様子だった。

男の子――イマを真ん中にして三人で手を繋ぐ。なんだかこうしていると、親子みたいだなとふと思った。

あまり小さな子供の相手をしたことがない俺は、子供にちゃんと接することが出来るだろうかと少しの不安を抱えていが、それは杞憂《きゆう》だった。ネノは子供に対してもいつも通りである。

ネノも無表情に見えるけれど、何処か楽しそうだ。

三人で手を繋いでいると、「勇者様、その子供はどうしたのですか？」などと声をかけられることも多かった。まぁ、俺の家にいる子供なんて、人型のメルぐらいだし、勇者であるネノに子供がいないことは知られている。だからこそ、疑問に思った人がどんどん声をかけてきた。

「イマ、何か食べるか？」

「んー、と、あれがいい!!」

イマは年の割には落ち着いていて、我儘《わがまま》をあまり言わない子供だった。子供特有の無邪気さはあるものの、一緒にいて苦のない子供である。

イマが食べたいと言ったものを屋台で購入し、イマに渡す。魚の切り身を焼いたものだ。俺とネノも食べたけれど、結構美味しかった。

やっぱり祭りというのは、色んな食べ物と出会えて、見たことがないものを沢山見ることが出来て楽しいと改めて思う。

ネノと一緒に回っているからこそ、他の誰かと回るよりも特別にも感じられる。

俺とネノは、イマの両親を探していることを周りに触れ回りながら祭りを楽しんでいた。イマも両親とはぐれてしまったと泣くこともなく、楽しそうにしていた。

しばらくイマを間に挟んでぶらぶらしていたら、イマの両親を名乗る二人が現れた。イマはその二人の顔を見た途端、破顔した。

「お母さん、お父さん!!」

そう叫んで、母親の方に抱き着く。

俺とネノの傍《そば》で過ごしていたとはいえ、やはり両親とはぐれていたら心細かったのだろう。

「イマ、良かった。貴方《あなた》がはぐれて心配していたのよ」

「勇者様、ありがとうございます」

イマの両親は、そんな風にお礼を言って去っていった。イマは祭りの間はこの街に滞在しているらしく、「勇者様のお店に食べに行きたい」と親にごねている声が聞こえてきた。なので、また会うことになるかもしれないなと思った。

イマの両親を探し終えた後は、ネノと一緒にまた祭りを見て回る。

「ねぇ、レオ」

「どうした、ネノ」

「子供って、いいね」

ネノはイマと離れた後、そんなことを口にして俺を見た。

「ああ。そうだな。さっきさ、イマと一緒にいた時、ネノとの子供がいたらこんな感じかなと思った」

「うん、私も」

俺の言葉に、ネノも同じことを考えていたと頷く。

もしネノとの間に子供がいたら、こんな風に日々を過ごすのだろうか。きっと男の子でも女の子でもネノに似て可愛いのだろうななどと、そこまで俺はイマと手を繋いでいて考えていたのである。

「私、レオとの子供欲しい」

「うん。俺もネノとの子供欲しい」

手を繋いで歩きながら俺とネノはそんな会話を交わす。

「きっと、レオの子供なら、女でも男でも可愛い」

「俺も同じこと思ってた。ネノの子供なら――って」

「好きな人の子供なら、どんな子でも可愛がれるもの。私、レオ大好き」

やっぱり俺のお嫁さん、可愛すぎない？

可愛いことを言い始めたネノに口づけをしたくなって、少し人気《ひとけ》がない所までネノを連れ込む。

口づけだけだけどな。ついでに言えば結構ぶらぶらしていたので、少し休みたくもあったし。

大通りから外れた公園は、人気が少ない。人がいないわけではないけれど、そこのベンチに座って、俺はネノに口づけをした。

そうすれば、ネノは嬉しそうに笑って、やっぱりネノは俺にとって世界で一番可愛い女の子だなと思った。

「今度、また祭り行く時、子供も一緒だといいな」

「ああ。そうだな。子供は授かりものだけど、出来たら嬉しいな」

ネノと何気ない会話を交わしているだけでも、俺は益々ネノに惹《ひ》かれていく。ネノに対する飽きを感じることはないだろう。ずっと一緒にいると、悪いところばかり見えてしまうという夫婦もいるらしいけど、俺はネノのどんな部分も好きだと思う。いや、好きだからこそ、どんなことでも許せてしまうというべきか。

近づいたからこそ分かるネノは、俺だけが知っているネノなのだ。

そういう部分を知れることが嬉しいし、ネノのことを日に日に愛《いと》しく感じていく。

ネノが俺のお嫁さんとして傍にいてくれることが幸せだし、いつか――ネノとの間に子供が出来たらもっと幸せな気持ちを、ネノは俺に与えてくれるんだろうなと思った。

祭りも最終日を迎えた。

海でネノと一緒に魔法を打ち合うのは今日行うことになっている。

祭りの間は、ネノと一緒に見て回ったり、メルを連れて見て回ったりと、楽しく過ごすことが出来た。海鮮焼きそばは毎日売り切れていたので、俺としても満足した。

海鮮焼きそばを食べて、『レアノシア』の料理を食べに来てくれたお客さんもいたから嬉しいなと思ったものだ。

お祭りではしゃぐ可愛いネノも見ることが出来たし。

さて、最終日の夜は魔法の打ち合いをするということもあり、夕食の時間帯は宿泊客以外には料理を提供しないことになっている。臨時休業というものである。

ちなみに、メルも俺とネノの魔法の打ち合いを見たいと言っていたので、少しなら大丈夫かと祭りの間だけ雇っているヒアー達に店を任せている。変なことをする輩《やから》がいないとは限らないが、そのあたりはギルドマスターに話を通してあるので問題はないだろう。それに『レアノシア』には冒険者も泊まっているしな。

泊まっている人がいない状況であるのなら、宿ごと《時空魔法》でしまって持ってくるのが一番良かったのだが、さすがに宿泊客まで入れるわけにもいかない。

「ねぇねぇ、レオ様、ネノ様、どんな風に魔法打ち合いするのー？　僕も交ざってもいいかな!!」

「あー、どうだろ？　多分大丈夫だろうけど」

「そうだね。メルも一緒の方が楽しい、かも？　ドラゴンと私達の催しならきっと、海の神様、喜ぶ」

メルも参加するということは言っていなかったが、まぁ、魔法の打ち合いをして海の神様に魔法を捧《ささ》げるということは言ってあるので問題はないだろう。

それにしても、メルは俺とネノと一緒に回れるのが嬉しいのか、にこにこしている。

宿を開店してから、定休日というのも作っていなかったし、俺達三人のうち誰かは宿にいるようにはしていたから、三人でぶらぶらするのは少しだけ久しぶりだ。

次に宿を置く場所を何処にするかは決めていないが、街に長居する時は定休日を決めておかないとなと思う。

さすがにずっと働き詰めも疲れるしな。

従業員を雇えばいいのかもしれないが、色んな場所を移動する予定があるので、そう簡単に臨時の従業員以外も雇えないしな。そのあたりはそのうち考えよう。

「レオ様、ネノ様、魔法の打ち合いの前に何か買ったりしてもいい?? レオ様とネノ様と色々食べたい!! 遊びたい!!」

メルは本当に元気だ。にこにこと笑って、心から嬉しそうな顔をしている。

特に問題もないので、メルの言葉に了承をする。そうすれば益々メルは破顔した。

メルが向かったのは、魔力を流して行う運試しゲームである。魔力を流せば、ランダムで的が倒れ、その的に書かれている商品が手に入るらしい。

……あの魔力の流れを見る限り、良い商品がそもそも当たらないようになっている気がするが、まぁ、メルは商品目当てというよりもやりたいだけのようだから問題はないだろう。

結果として手に入ったのは、残念賞のお菓子だった。でもメルはそれでも嬉しかったようで、笑って幾つか俺にくれる。食べると甘味《あまみ》が口の中に広がった。

「楽しいね、レオ様、ネノ様。あ、あれも美味しそう!!」

メルは周りに人が多いというのに、駆け出して気になった場所へと向かう。この距離であれば魔力でメルのことは探知出来るから問題ないとはいえ、迷子になるのではないかと不安になるほど好奇心旺盛である。

「メル、元気」

「そうだな。よっぽど楽しいんだろうな」

「私も、楽しい。二人も最高。三人も、良し」

「そうだな。メルと一緒も楽しいよな」

ネノの言葉に俺も頷く。

そんな会話をしていれば、メルがイカにチーズをのせて炙《あぶ》ったような料理を持ってくる。美味しそうだ。チーズというのはそこそこ高級品なので、それなりの値段がする屋台のようだ。そのため、その値段からそこまで行列は出来ていないみたいだ。

「はい。レオ様、ネノ様!!」

「ありがと」

「もらうよ。ありがとう」

そう言って口に含めば、イカの旨味《うまみ》とチーズの旨味がマッチしていて、もっと食べたくなるような美味しさだった。

そう思ったのはネノもメルも同じだったらしく、もう一つずつ買うのであった。

……ちなみに俺達が美味しいと口にして食べていたからか、「勇者様が美味しいと言っている」とその屋台が繁盛していた。やっぱりネノの影響力は凄いなと思った。

それからしばらく祭りを見て回って、俺達はようやく海の神様に捧げる魔法の打ち合いをすることにした。

ネノは「海の神様に楽しんでもらう」と口にしてにこにこ笑っていた。メルはやる気に満ちている。ちなみに俺達はネノの魔法で、海の上に浮いている状態である。

「さて、やるか」

「うん」

「僕、頑張る」

――そんな言葉と共に海の神様に捧げる魔法の打ち合いが始められることになった。

色とりどりの魔法が、海面を鮮やかに彩っている。

周りを楽しませるための魔法――、それが俺とネノ、メルの手によって、行使されている。海面に映る魔法というのも中々綺麗《きれい》なものだ。こうやって海の上で思いっきり打ち合いをするのも初めてで、こうしているだけでわくわくした気持ちになる。

魔法を花を模した形にしてみたり、王冠のマークを彩ってみたり、魔法を使って形作っていくのは楽しいものだ。

海岸に立つ見物人達は、こちらを見てきゃーきゃーと声をあげ、盛り上がっている。俺達の魔法によってあれだけ盛り上がってくれると思うと、何だか嬉しい。これだけ楽しんでもらえると、海の神様も楽しんでくれるんじゃないかと思う。まぁ、実際に海の神様がこれを見ているかは定かではないけれど。

《時空魔法》以外の魔法はそこまで得意ではないから、俺の場合は《時空魔法》でしまっている魔法を出して、そのまま操作していることが割と多い。一方のネノは色んな魔法が使えて、さすがだなと思う。

「楽しい」

「思いっきり遊べるの、楽しいねー」

ネノもメルも笑みを浮かべて、こうして力を行使出来ることが嬉しいらしい。これだけ思いっきり魔法を使える機会というのもそうそうないしな。俺もネノやメルと一緒にこんな風に遊べるのは楽しい。

海の神様を楽しませたいというのが一番の理由だけど、それに次ぐ理由としてこうして思いっきり魔法を使えるのが楽しいというのもある。

小一時間ほど、魔法を行使した後、ネノが言う。

「レオ、最後、派手にやる」

「ああ」

メルは光の弾を生み出す。大きな大きな光の弾だ。その巨大な光は、太陽と見間違うほどのきらめきを持つ。その巨大な球体状の魔法だけでも派手だけど、もっと派手にするために俺はその周りに魔法を飛ばす。中々綺麗だ。

メルがネノの隣で、「わーすごい」と喜んでいる。メルは最後は完全に見物人のつもりらしく、手を出す気はないようだ。ただキラキラした目を向けている。

そして、ネノはその球体を少しずつゆっくりと、海の中へと沈めていく。——そうすれば、海が割れる。球体状の魔法が海を割り、幻想的な風景がそこに広がる。

あ、もちろん、海水が海岸に飛ばないようにちゃんと対処済みだ。何も考えずにやると、あふれた海水が街の方に流れ込んでしまうだろうから。

そして光の球体は、海の中へと呑《の》まれて消えていった。

その様子に、パチパチパチパチと海岸の方から拍手が聞こえる。やっぱりネノの扱う魔法の威力は凄《すさ》まじいものだ。それに操作能力も。魔法をこれだけ操れる人間はそうそういない。これはネノだからこそ出来る、海の神様を楽しませるための魔法なのだ。

「よし、これで、終わり。戻ろう」

「ああ。そうだな」

「ねーねー、帰りにもなんか食べようよ」

ネノ、俺、メルと言葉を発して、俺達は街の方へと戻る。

三人で海岸に降り立てば、「さすが、勇者様夫婦」「凄い!!」「こんな魔法初めて見た」といった声が聞こえてくる。こんな風に自分の魔法を褒められるのは悪い気はしない。

ちなみに、メルに関しては「メル君凄いね」「メルくん、かっこいいー」「お姉さんの所に来ない?」とか変な絡まれ方もしていた。……メルは見た目がいいからなぁ。しかし子供のメルにこれだけ色々言う大人がこんなにいることには驚くけれど。

「僕はレオ様とネノ様と一緒にいるの!!　二人とも、行こう」

メルは変な絡まれ方をして嫌だったのか、俺達の手を取って、行こうと口にする。……なんか、周りは「可愛い」「自分から手を繋ぎに行くメルたん可愛い」とか変な盛り上がり方をしていたが放置することにした。そういう思考はよく分からないからな。メルのファンみたいな連中の言動は理解できない。

海の神様を楽しませる魔法の打ち合いが終わったので、もう少しだけ祭りを楽しむことにする。

「祭り、楽しいね、レオ」

「ああ。楽しいな。ネノ」

「僕も楽しかった。人間ってこういうお祭りやって面白いよね」

俺とネノの言葉に、メルもそう言って笑う。

こういう大きな祭りに参加するのは初めてだったけれど、想像以上に楽しかった。もちろん、それはネノが隣にいてくれたからというのも大きいだろう。ネノが隣にいてくれる。それだけで、俺はどうしようもないほど幸せで、こうしてネノと祭りを楽しめるだけで幸福を感じてならないのだ。

「ねーねー、レオ様、あれ食べようよ。美味しそう」

メルは魔法の打ち合いでお腹《なか》がすいたのか、すぐに食べ物の屋台へと向かっていく。俺とネノはその様子に呆《あき》れながらもメルを追いかける。

それからは屋台を見たり、祭りで出ているゲームを三人でやったりと、楽しく過ごした。

——祭りの最終日は、そんな風に過ぎていったのだった。ちなみに、嬉しいことに屋台の売上ランキングはぶっちぎりで一位だった。

第六章

— Chapter 6 —

港街の日常とこれから

祭りが終わって、臨時で雇っていた三人はそのまま雇用期間終了となった。ヒアー達は継続して働きたがっていたが、それは断った。従業員を雇っていると、家族で自由に動けていいが、やっぱりこの宿を人に任せるのはあまり好きではない。

俺達の宿は、元々勇者のやっている宿として有名だったが、海の神様に向けての魔法の打ち合いをやったりしたというのもあって、祭りが終わってから益々《ますます》有名になり、沢山の人がやってくるようになった。

さすがに勇者が経営している宿だから、面倒事を起こす者がいないのは助かる。すっかり此処《ここ》での生活も慣れてきていた。故郷の村をネノと共に飛び出して、三か月ほどが経過している。

「レオ、今日はどうするの？」

「そうだな。今日は海鮮焼きそばを販売店に卸しに行ってくる」

祭りで出した海鮮焼きそばは好評だった。それ目当てで多くの人達がこの宿に押し掛けたぐらいである。それでいて街の人々からの要望があり、お店で海鮮焼きそばを委託販売することになった。

俺としても一生懸命作ったメニューを気に入ってもらえて嬉《うれ》しい限りだ。それ以外のメニューも希望があれば、販売店に卸すようにしている。その売上も含めて、結構良い調子だと思う。

「いってらっしゃい」

ネノは俺が出かける時には、いってらっしゃいと笑いかけて、口づけをしてくれる。

「いってらっしゃいの、チュー」

なんて口にするネノは、可愛《かわい》いと思う。こんなに可愛いネノが俺の奥さんであることは幸せで仕方がない。

そのまま俺はお弁当を卸している販売店を巡ることになった。俺の名も大分、この街では有名になった。勇者の夫としてではなく、レオニード・レアノシアの名が広まってきている。ネノの名に釣り合うぐらいになりたいというのが正直な感想だから、もっと有名になったらいいのにと思う。

「レオニードさん、こんにちは」

「レオニードさん、今日はどうしたんだい？」

街の人々とも仲良くなれて、俺は充実した日々を送っている。

あの祭りに参加したからこそ、前より俺もネノもこの街に受け入れられていると思う。

やはり何か行事に参加してみるというのは、その土地に馴染《なじ》む一番の手段だと思う。他の場所にもこれから行く予定があるから、その時もこうして祭りなどに参加していこうと考えている。進んで参加していくことで、『レアノシア』の名も広められるだろうし。

接客業というのは、それだけ評判が大事なのだ。最初のうちはネノのやっている宿として有名になるだろうが、きちんと接客しないとその評判は地に落ちてしまう可能性もある。だからこそ着実にいかなければならないのだ。

お弁当をお店に卸すのもその一環である。

実際にお弁当を卸すようになってから、宿の評判も上がっている。席が限られている宿のレストランで食べられない者も、お弁当で俺とネノの料理を食べることが出来ると喜んでいるらしい。

「レオニードさん、お疲れ様」

「お疲れ様です。こちら、今日のお弁当です。海鮮焼きそばと、あとは日替わりでハンバーグ定食を持ってきました」

海鮮焼きそば以外のお弁当は、その日その日の気まぐれでメニューを決めている。日替わり弁当というものにした方が買ってくれる人も楽しめるのではないか、とそんな風にネノが提案してくれたのだ。それもそうだと思って、お弁当は少量だが、日替わり弁当にしている。日持ちするように魔法もかけてあるので、冒険者にも重宝されているらしい。

まぁ、あまりにも便利にしすぎても本人達のためにならないだろうから一日持つようにしているけど、それでも冒険者達には助かるものらしい。

「レオニードさんは凄《すご》いね。これだけのお弁当を簡単に持ってこられるなんて。さすがだよ」

「ありがとうございます」

俺の《時空魔法》で運んでいるわけだが、そのことを皆感心してくれる。ネノに追いつくためだけに磨いてきた魔法がこうして役に立っていることは嬉しい限りだ。やっぱりやってきたことというのは何一つ無駄にはならない。

子供の頃の俺はネノに追いつくことだけを目標に強くなろうと努力し続けたけど、それ以外のことでも手に入れた強さは役に立っている。

少し前は勇者様の夫という認識でしか俺も呼ばれていなかったが、ちゃんと最近はレオニードと皆が名前を呼んでくれて嬉しい限りだ。

その後、何軒ものお店に向かった。《時空魔法》に収納していたお弁当を次々と卸して、その分の料金を受け取る。俺がお店に卸した後にすぐにそのお弁当を購入している人を見かけた。俺の作った弁当をそこまで楽しみにしてくれていると思うと嬉しくないはずがない。

配達が終われば俺は宿に戻ることにした。

ネノとメルに何か買って帰ろうか、などと思いながらぶらぶらしていたら、声をかけられた。

「レオニード兄ちゃん!!」

「レオニード兄さんだ!!」

そうやって声をかけてきたのは、宿の近所に住んでいる子供達である。俺もネノも子供が好きだ。生まれ育った村が高齢の住民ばかりで、俺達より下の子供がいなかったからというのもあるだろうが……、こうやって兄ちゃんや兄さんと呼ばれて慕われるのは悪い気はしない。

この街の子供達の凄いところは、大人でも話しかけることを躊躇《ためら》うネノにも、進んで話しかけることだろうか。

ネノはそりゃあ、あれだけ作りもののような美しさを持っていて、勇者という地位も持っている。周りが近寄りがたいと思うのは当然だ。

俺はネノとはずっと一緒にいるし、ネノのことを見慣れているし、ネノがちょっと不機嫌そうにしていたとしても、ネノのことを知っているから問題ないけど、ネノという人間はそれだけ凄《すさ》まじい存在感があるのだ。

俺の方はまぁ、ネノの夫とはいえ、ネノほど存在感はないのでまだ話しかけやすいと、街に住む人達が言っていた。

「レオニード兄ちゃん、俺達と遊ぼうぜ」

「レオニード兄ちゃん、今日は時間ある？」

「レオニード兄さん、これ食べるー？」

そう言いながら俺を囲う子供達を視界に留《とど》めながら、どうしようかなと考える。

お弁当は全部卸したので、俺の今の仕事はひとまず終わっていて、忙しいお昼時の時間まではまだ時間がある。

元々ネノとメルにお土産《みやげ》を買って帰ろうかと考えていたぐらいだ。

目の前で、子供達はキラキラした目で俺のことを見つめている。そういう目で見つめられると、断りにくかった。

「じゃあ、遊ぶか」

時間もあるし、少しぐらいならいいだろうと俺はそう告げる。

俺が頷《うなず》けば、周りの子供達は「やったー」「わーい」と声をあげて嬉しそうだ。嬉しそうな表情を見ていると、頷いて良かったと思う。

とはいえ、俺には仕事があるので「少しな」とはもちろん告げておく。

子供達と何して遊ぶかと言えば、魔法を使って遊ぶことが多い。というのも、祭り最終日の打ち合いを見たからか、子供達は魔法を見たがるのだ。

俺の得意な《時空魔法》を使って、そこから取り出した道具で遊んだりとか、クイズをして正解した人に《時空魔法》でしまわれているものをプレゼントしたりとか、まぁ、やっていることはあくまで平和的な魔法の使用である。でも、どんな魔法の使い方でも、子供達は魔法を目の前で使っているというだけでも大興奮だ。

あとは単純に鬼ごっこもする。俺は体力がある方だし、簡単には捕まったりはしない。子供達全員が鬼になって俺を捕まえるといった、そんな騒動になったこともあるぐらいだ。そんな感じの遊びを子供達とたまにしていたりする。

ネノやメルも交ざって一緒に遊ぶこともあるので、この街の子供達やその親とは結構仲良くなったと思う。

「レオニード兄ちゃん、もっとやって!!」

「レオニード兄さん、そっち!!」

楽しそうな声を聞きながら遊んでいたら、あっという間に時間が過ぎる。そろそろ、宿に戻らなければ不味《まず》い時間だというわけで、

「今日は此処までな」

とそう言って、子供達と別れる。

もっと遊びたいと言っていた子達もいたけれど、お昼時の忙しい時間に抜けるわけにもいかない。なので、「またな」と言って宿に戻った。

宿に戻れば、ネノとメルが俺を出迎えてくれる。

「おかえり。レオ。子供達と遊んでたって、聞いた」

「ああ。ちょっと誘われてな」

「レオ様ずるーい、僕も遊びたかった!!」

俺が子供達と遊んでいたことは、宿にまで伝わっていたらしい。

というか、俺とネノとメルは、この街で有名になっているせいで、やることなすこと結構すぐに広まってしまうのだ。ましてや、あれだけ人目に付く場所で子供達と遊んでいたら、宿まで広まるのは当然か。

まぁ、すぐに行動が広まるということは、ネノやメルに何か起こった時にすぐに伝わるってこと

だから良いことだと思う。もっともネノやメルに何かあるなんてことは滅多《めった》にないだろうが。

メルは俺が子供達と遊んでいたことを知ると、自分も遊びたかったと頬を膨らます。

「時間がある時にメルは子供達と遊んでやればいいだろ。子供達はメルとも遊びたがってたからな」

「ふふん！　僕、人気者!!」

メルは俺の言葉にどや顔を浮かべている。

確かにメルは子供達の人気者である。下手《へた》したら俺やネノより子供達には人気だろう。実年齢はともかく、見た目の年齢が同年代で、かつその明るい性格が人気の理由なんだと思う。

「メル、人気者。よいこと」

ネノがそう言いながらメルの頭を撫《な》でまわす。

メルはされるがままである。

そうやってのんびり過ごしていれば昼食の時間が訪れたので、俺達は忙しく仕事を開始するのだった。

その日、俺はネノと共に港街から少し離れた森の中にいる。昼食の時間が終わって、夕食までの時間帯に二人で森に向かうことにしたのである。何故《なぜ》、森にやってきたかと言えば、ただ単に「森に行こうか」とネノが気分で言ったからである。

宿はメルに任せて、森まで来たわけだ。

緑に囲まれた場所——というのはなんとも落ち着くものである。俺とネノの生まれ育った村というのは、今いる街とは、比べ物にならないぐらいの田舎《いなか》だった。

村にいる者達は皆顔見知りで、自然豊かな場所。

目を閉じて、自然の香りを感じるとネノと過ごしていた生まれ育った村のことが思い出された。

「レオ、なんだか落ち着くね」

「ああ」

二人で草むらの上に座り込んで、空を見上げると気分が晴れやかになってくる。まぁ、ネノがいればどんな場所にいようとも俺は楽しいわけだけど。

ネノがいれば何処《どこ》にいようとも幸せになれる。

「レオ、港街も楽しい。レオとメルと一緒に、宿をやるのも楽しい。わいわいするのも、楽しい」

「ああ。色んな人に話しかけられて、村とはなんか違う感覚だよな」

「うん。村だと、知っている人しかいない。でも港街は、多くの人が行き来する。だから、知らない人とも沢山出会える」

「沢山の人と出会えるのも楽しいよな」

「うん。今までそういう出会いなかった。でも私は、レオがいれば満足。レオがいれば幸せ。それにこうして宿をやるの、楽しい」

ネノは俺の隣で小さく笑って、俺の方を見る。

ネノは周りから見ると、表情が分かりにくいとよく言われている。クールなところがかっこいいとか、そんな風な噂《うわさ》もあったりする。それでもやっぱり俺の前にいるネノは、俺にとっては可愛い一人の女の子なのだ。

村とは違う日々。

新たな出会いが沢山ある——そんな街での暮らし。

そんな暮らしは俺やネノには良い刺激になっている。今までと違う暮らしは色んな刺激があって、色んな楽しみがあって楽しい。

だけど時々こうして二人きりで、のんびり過ごす時間がきっとネノも欲しくなったのだと思う。

まるで俺達しかこの世界にいないような、そんな感覚に陥る穏やかで、静かな時間。

「でも、こういう時間も好き」

「ああ。俺も。ネノとならどんな時間も好きだけど、ネノとのんびりするのもいい」

「ふふ、だよね」

「ああ」

二人でそんな会話をしながら笑い合う。

本当にこれだけでも幸せな気持ちになる。ネノが笑っている。ネノがただそこにいるというだけで俺も笑みが溢《こぼ》れてしまう。

さて、そんな穏やかな時間を過ごしていたが、近寄ってくる気配がして俺達は立ち上がる。

「なんか多くないか？」

「うん。多い」

俺とネノの感じた気配は、魔物の気配である。その魔物の気配が思ったよりも多くて、俺とネノは少しだけ驚く。

何故ならこの森は港街からも近い森だ。そんな場所にこれだけの魔物が集まってきているというのはちょっとした問題である。

「倒すか」

「うん。運動する」

ネノはそのあたりに散歩にでも行くような軽い調子で言った。ネノにとってみれば、今、近づいてきている魔物の大群なんて塵芥《ちりあくた》でしかない。

ネノという少女はそれだけ強大な力を持つ少女だ。

「ああ。ちょっと暴れるか」

「私、レオと思いっきり暴れるのも好き」

「俺も」

「レオの戦い方、かっこいい」

「ネノの戦い方もな」

そんな会話をしながら、俺達は魔物のいる方へと向かっていった。

その場所へと向かっていくと、大勢の魔物がそこに溢れていた。数は数十匹にものぼるだろうか。少なくとも五十は超えている。

狼《おおかみ》型のもの、鳥型のもの、猿型のもの——そういう何種類もの魔物がいた。

「俺は左側をやる。ネノは右側を頼む」

「了解」

そんな言葉と共に、俺達は行動を開始した。

「《勇者の剣》」

ネノの言葉と共に出現したのは、一振りの長剣。女神から与えられた勇者としての力を持つ、特別な剣。それは勇者であるネノの意思に応じて、自由自在に出現する。全てを切り裂く聖なる剣。

その剣を手に持ったネノは美しくて、かっこいいなぁと見とれそうになる。

俺は勇者のネノと一緒に旅をしていたわけではないから、こうして《勇者の剣》を使うネノを見ると何だか心が躍る。俺もネノに負けないように、ネノの横にいて当然だと示すためにも——とそんな気持ちで俺も《時空魔法》を使って収納している魔法を出したり、あとは剣を使って魔物を叩《たた》き切《き》っていった。

《時空魔法》は便利だけど、それだけを磨いていたらネノに置いていかれてしまう。

「終わった」

「うん。お疲れ」

《勇者の剣》を使って魔物を殲滅《せんめつ》したネノ、《時空魔法》と剣を使って魔物を倒した俺。

二人で動き回って、魔物を倒しつくした。

「宿の料理の材料にするか」

「うん」

「あと冒険者ギルドに報告もしておくか？」

「うん。それがいい。何か原因があって、魔物集まったはず」

おそらく魔物が何十四も集まっていたのは何かしらの理由があるはず。港街に近い場所でそれだけ魔物が集まっていたというのは問題なので、街に戻ってから報告することにした。


街に戻って、魔物が集まっていたことを報告をした。

冒険者ギルドのギルドマスターには、「やっぱり冒険者ギルドに入らないか」などと言われてしまったが、丁重にお断りをした。

それに対して冒険者ギルドのギルドマスターはまた落ち込んでいたが、冒険者を使って調べさせると言っていた。

宿に戻ってからはメルに、

「えー、そんなに楽しそうなことになってたの？　僕も一緒に行きたかった」

などと言われてしまった。

大量の魔物の襲来も、メルにとってみれば楽しいことらしい。まぁ、それも仕方がないことだろう。

ドラゴンであるメルからしてみれば数十匹ほどの魔物といっても大した問題ではないのだ。

人型の時はただの綺麗《きれい》な少年にしか見えないので、メルがそれだけ強いと思えない人が多いけれど、メルはやろうと思えば街を壊滅させるぐらいなら簡単に出来るような生物である。

宿に戻って、宿の仕事を進めていく。

夕食の時間帯が訪れ、多くのお客さんが訪れた。俺は注文されるがままに料理を作っていく。何か街でイベントがあるわけでもないのに、全席が埋まるほどに繁盛している。外にも列が出来ているしな。ネノ目当てで来ているお客さんも多いけれど、俺の料理目当てで来ている人もいるんだと思うと嬉しいものである。

外から来たお客さんだけではなく、この街に住んでいる常連さんも多くいる。

「レオニードさんの料理は美味しいな。酒が進む」

常連客はそう言って俺に沢山話しかけてくれる。常連の中ではネノに話しかけられるぐらいまでこの宿に通い慣れている者もいる。

そんな感じで夕食の時間帯をいつも通り終えて、店を閉めようとした時、冒険者ギルドのギルドマスターがやってきた。

俺は彼を中へと入れる。

「――魔物が集まっていた原因が分かったぞ」

どうやら昼間に俺とネノが倒した魔物があれだけ集まっていた原因が分かったらしい。

俺とネノとメルが座る向かい側に腰かけるギルドマスターは、俺達をまっすぐに見て告げる。

「あのあたりにミロクレアが咲いていたらしい」

「ミロクレアって、魔物を引き寄せる性質のある花ですよね？」

ミロクレアというのは、魔物を引き寄せる性質のある花である。この花の厄介な点は、何処に咲くか分からないことだろうか。鳥型の魔物と一緒に移動し、花を咲かせる条件の揃《そろ》ったところで発芽する。

その花の匂いが魔物を引き寄せる性質があると言われている貴重な花である。

丁度、この街の近くの森でその花が咲く条件が揃っていたようだ。それであれだけの魔物が集まっていたらしい。

「そうだ。近くの森でミロクレアが確認されるとは思っていなかった。助かった」

どうやら冒険者ギルドのギルドマスターはお礼を言いに来たらしい。いらないと言っているのに報酬までくれた。

俺とネノが魔物を倒さなければ、少なくとも街の人々に被害が出ただろうということだった。それはそうだろう。俺とネノはともかく、戦う力のない人々があれだけの魔物に襲われれば殺されていただろう。

ミロクレアは密封するための魔法具の中に入れて、王都に輸送されることになったらしい。ミロクレアは薬の材料にもなるし、良い素材だからな。それだけ話してギルドマスターは去っていった。

「ミロクレア。勇者やっていた時に見た」

「確か、魔王城の近くに咲いていたって言ってたっけ？」

「うん。魔王のところ、ミロクレアが結構咲いてた。そして魔物が沢山いて、天然の要害みたいになってた」

魔王の住んでいた魔王城の周りにはミロクレアが咲いていたそうだ。そして、それに引き寄せられた魔物が沢山いて、それらの魔物を倒せるだけの強さがなければ魔王城に近づくことさえも出来なかったのだという。

「ミロクレア、凄く綺麗。レオも、魔王城見に行こう」

「そうだなぁ。いつか見に行きたいな。ネノが見た景色だし。魔王城って今どうなっているんだっけ？」

「魔王倒したら崩壊した。今は城はない。跡地。でもミロクレアはまだ咲いているはず」

考えてみれば魔王というのも不思議な存在である。魔王は世界に時折出現し、勇者によって倒されるまで魔物が活発化し、人々が危険に晒《さら》される。

魔王の出現と共に魔王城が現れ、その魔王城は魔王の討伐と共に崩壊する。魔王城の出現する場所も、毎回違うようだし、よく分からないものだ。

もっとも、魔王が倒されてもミロクレアは咲いたままのようだから、魔王城の周りが危険なことには変わりはない。崩壊した魔王城は、月日が経《た》つにつれ、徐々に危険ではなくなっていくのだという。

過去の魔王のいた魔王城の跡地はすっかり様変わりしていると聞くし。そっちも見に行きたいな。

「ミロクレアだけではなく、もっと珍しい植物も沢山見たいな」

「私が見たことないのも、沢山。レオと一緒に見るの楽しそう」

「だよな。珍しい植物が何処にあるか聞いて次はそっちに行ってみるか？」

「うん」

そんな会話を交わして、その後俺達は眠りにつくのだった。


――港街の日常はそんな風に過ぎていった。


穏やかに過ぎていった港街での日常。

その日はいつも通り、宿の営業を続けていた。この街にたどり着いて早数か月――、この街に勇者が経営している宿があるのが当たり前という認識になっている。

俺とネノもすっかりこの街の住民になっているようなそんな気持ちになっている。

「レオ、そろそろ、次行く？」

ネノがそんなことを言い出したのは、いつもと変わらない平穏な日々を送っている時のことだ。

ネノの言葉は少ない。慣れていない人だと、ネノが何を言いたいのかなど分からないかもしれない。だけど俺は昔からの付き合いで、ネノのことをずっと見ていたからネノが何を言いたいかは分かる。

「そうだな。俺もそろそろ移動していいと思う」

「うん。何処がいい？」

ネノが言っているのは、そろそろこの街を後にして、店舗ごと次の場所に行こうかということである。

元々ネノと一緒に色んな場所を見ようと決めていたのだ。そのために宿を持ち運び出来るようにしている。

「俺はもう少し静かな場所でもいいかなって次は。まぁ、とはいえ、もっと大きな街とかも見てみたい気はあるけれど」

「全部行こう」

「そうだな。全部順番に行きたいな。ネノは？」

「街の人が、ちょっと行った所に火山あるって言ってた。行かない？」

ネノが俺に向かってそんなことを言う。

ネノもこの港街での暮らしの中で街の人々と仲良くなっていた。俺の知らない所でそういう近場の話を聞いていたのだろう。

ネノの言葉に火山か、と考える。

火山という場所を俺は知識として知っているけれど、実際に行ったことはない。ネノは確か勇者としての旅の中で火山に一度行っていたはずだ。

「俺は火山には行ったことがないから行ってみたいけど、ネノは行ったことあるだろ？」

「うん。一度。でも勇者としての旅の時だし、ゆっくりはしてない。此処の近くの火山は私も行ったことない。レオと一緒に見たい」

ネノがそう言って笑ってくれて、俺は幸せな気持ちになった。

「じゃあ、火山の方に行くか」

「うん」

「火山でも宿やるか」

「うん。お客さん、少ないかもだけど、それもあり」

人がほとんどいない場所に行くとはいえ、宿をやらないという選択はない。寧《むし》ろ、誰もいないような所で宿をやってみるのも楽しいと思う。

というか、ネノと一緒だったら何処で宿をやったとしても、お客さんがどれだけ少なくても楽しいから問題はないけれど。

「火山って暑いんだよな」

「うん。あつい。びっくりする。火ドラゴンとか、火を噴くような魔物が多い」

「火ドラゴンか……。火ドラゴンとは戦ったことないな」

「火ドラゴン、個体によっては襲い掛かってくる。そしたら倒して素材にする」

「それもいいな」

メルは会話も出来るし、子供とはいえ頭の良いドラゴンだ。だけどもっと下位のドラゴンというのは力の差なんて考えもせずに襲い掛かってきたりするものである。

俺とネノとメルが揃っているのならば、まず何かあったとしても負けることはないだろうし、倒して素材にするのもいいかもしれない。

そうこう会話を交わしていれば、外に出ていたメルが帰ってきた。

「ただいまー!!」

大きな声を発して戻ってきたメルの顔は少し泥で汚れている。遊んできたのだろう。

「メル、おかえり。汚れている」

ネノはそう言いながら、タオルを手にそれをふき取る。

「ありがとう、ネノ様!!」

「ん。どういたしまして。そうだ。メル、もうすぐ次の場所行くよ」

「次の場所？　何処行くの？」

「火山」

「火山？　熱い所だよね。母様に聞いたことある」

そう言うメルは火山には行ったことがないらしい。それにしてもメルの家族にもいつか会いに行きたいし、どのあたりに住んでいるのかちゃんとメルに聞いておかないと。

「火山も楽しそう。火山の中入りたい」

「さすがにメルでも火傷《やけど》するんじゃないか」

「んー、大丈夫だと思う。母様は前に炎の風呂に入ったことがあるみたいに言ってたよ」

それならメルの種族は火山の中でも大丈夫なのかもしれない。さすがに人間である俺とネノは魔法を使ってじゃないと火山の中には入れないだろう。

「凄い」

「へへへ、そうだよ、僕凄いんだよ!!　レオ様とネノ様はもっと僕の凄さを知ってよね！」

「うん。凄い凄い」

ネノがそう言って頭を撫でれば、メルは嬉しそうに微笑《ほほえ》んだ。

「火山で美味《おい》しそうな魔物がいるなら食べたい。あったかいのかな、やっぱり」

「そうじゃないか？　分からないけど」

「とりあえず食べてみる!!」

「お腹《なか》壊すぞ」

「大丈夫。多分、壊さない」

なんだか自信満々にメルはそう言うが、本当に大丈夫だろうか？　まぁ、死にさえしなければドラゴンのメルは体が丈夫だろうし、問題はないだろう。

それにしても火山かぁ。

火山の風景というのを俺は知らない。どんな光景なのだろうか。

高い山の上、火が噴き出る場所があって、火属性の魔物が多くいる。――それは知っているけれど、知っているのと実際に見るのとは違うだろう。

俺はネノとメルと、どんな光景が共に見られるのだろうかと考えるだけで楽しみになってきた。


港街を後にすることを決めた俺達は、早速店をたたむための準備をすることにした。

お店自体は、持ち運びをするので解体などする必要はないが、それでも別の場所に移動するというのならば周りに報《しら》せを出したりなど、ちゃんと挨拶はしておいた方がいいだろう。

「ネノ、一週間後ぐらいでいいか？」

「うん。そのくらいがいい。告知出す」

今すぐにでも街を出ていくことも出来るが……、周りとの兼ね合いも含めて、一週間後に街を出ることにする。早速メルに一週間後に移動することを告知するチラシを作ってもらうことにした。

まぁ、場所を移動するとはいえ、俺達の生活は何も変わらないけどな。

商業ギルドのギルドマスターのもとにも顔を出して、俺達が店の場所を移動することも報告をしておいた。

「この街を去るのか……。それは寂しくなるな。もし他の街に行くようだったら、その街の商業ギルドには顔を出してもらいたい」

「それは構いませんが、次は人がいない場所に行く予定なので」

「……人のいない所に宿を出す意味はあるのか？」

「俺達は行きたい場所に気ままに向かうだけですから」

「……それが出来るのは、レオニードさんが《時空魔法》を使いこなせているから出来ることだな。普通の人では、店舗を移動させるというだけでも膨大なお金がかかるし、まずはそんなことは無理だ。稼げる見込みのない場所に店を建てれば破産するだけだしな」

「俺とネノだからこそ出来る宿ですからね」

俺とネノだからこそ出来る宿――なんて良い響きだろうか。どうせなら、このまま誰にも真似《まね》出来ない宿にして、お客さんが増えて有名な宿にしたい。というのが俺の現在の願望である。きっと俺とネノの宿であるのならば何処でだって宿として機能させることが出来る。それはきっと強みになることだろう。

商業ギルドのギルドマスターと会話を交わした後は、街で親しくしていた人達に一週間後に街を出ることを知らせて回る。

もうメルが作ったチラシを配っているが、報告は早めにしておきたかったのだ。

一緒に遊んでいた子供達には「えー」「もっといてよ」なんて言われてしまったが、それでもずっとこの街に留《とど》まりたいという思いよりも、ネノと一緒に様々なものを見ていきたいという気持ちの方が強いのだ。

中には泣いている子もいて、少しだけ心が痛んだ。

「――大丈夫だ。また会えるから。そんな風に泣くな。俺達は色んな場所にいるから近くに来れば食べに来たらいい」

「うん!!」

これが永遠の別れになる可能性も当然ある。だけど生きてさえいれば、会おうと思えば会えることだろう。

それに、この港街は俺とネノにとっては初めて店を出した場所として、思い出に残る場所になる。また来たいとも思っている場所なので、いずれまた此処にも訪れるだろう。

ネノが勇者に選ばれて魔王退治に向かってしまったから、旅に出るのが遅れていたけれど、俺達は元々村から飛び出して沢山の場所を見て回ろうとしていたのだ。これからまた新しい場所に向かうのだと思うと俺の心はわくわくしている。

一通り、一週間後に街を去ることを告げて宿へと戻れば……、メルのチラシ効果なのか既にお客さんが並んでいた。

この街に住んでいる人達が多いようだ。さっき挨拶をした知人達もいた。話を聞いたところによると、此処が移動することを知ればもっと街の外からも人が集まるだろうから今のうちに食べておこうと思ったらしい。

結構な列が出来ている。

宿に泊まっている客にも既に一週間後には移動することを伝えてある。ずっとこの宿に泊まってくれていた冒険者の客には「残念だ」と言われてしまったが、とりあえずまたのご利用をお待ちしておりますと告げておいた。冒険者ならまた何処かで会うこともあるだろう。

「レオ、おかえり。お客さんいっぱい!!」

「ああ。残り一週間頑張ろう」

「うん」

「火山の方に行くなら、こんなにお客さんも来なくなるだろうしな」

「うん。一週間、忙しいの乗り切る」

二人で笑いながらそんな会話をしていれば、チラシを配りに行っていたメルが戻ってきた。メルも色んな人に「え、出ていくのか?」といったことで引き留められたらしく、疲れた様子である。

人に囲まれて疲れていたメルは、宿に戻って人が列をなしているのを見て「えー」と口にする。

忙しいのは良いことだと思っているようだが、それでもこんなに並んでいるのかとびっくりしたようだ。

「メル、お客さんの誘導頼む」

「はーい」

でもなんだかんだメルは、一週間頑張るぞと気合を入れるのであった。

その日から、予想通りというべきか、どんどんお客さんは増えていって大変なことになった。こうして店を移動するからと多くの人が訪れるぐらいの宿に、この短期間でなれたことが俺は嬉しかった。

店に入れずに帰る人も続出しだしたので、外に即席の飲食スペースを作り、軽食を出すことにした。中で食べるよりは簡単なものだけど、それでも喜んでくれる人がいることが嬉しかった。


今日はついに、港街から旅立つ日である。

《時空魔法》で宿ごと持ち運びが出来、特に荷造りなどといった準備をしなくて良いというのもあり、昨日まで宿も開店していた。

最終日の今日は何をするかと言えば、旅立ちの前に折角《せっかく》なので広場で料理を振る舞うことにした。

元々この街の人々が、俺達のためにお別れのパーティーのようなものをやりたいと言ってくれたのだ。

旅立つ俺達で料理を振る舞うことになったのは、この街の人達には良くしてもらっていたのでお礼も込めて振る舞いたいと思ったからだ。

周りからは旅立つ俺達に作らせるなんて……と言う人も多かったけれど、料理を振る舞いたいという俺にネノもメルも同意してくれた。

外で立食というのもあり、食べやすい串焼きを焼いている。基本的にこのあたりで採れた魚介類がメインだが、お肉もある。あとは味付けとして色んなソースを使っているのだ。甘辛いものや、ハーブの香りがするものなど、色んな調味料である。これらは宿のレストランで出している料理に使っているものも多い。あとは街で興味本位で買ったこの街独特のものだったり、そういうもので味付けした串焼き。

「美味しい」

「こっちのタレの方が僕好きかも」

「私はこっち!!」

港街の外からも人が来ていて、一緒にこの場で交ざっていたりする。《時空魔法》で大量に保管していた材料を放出しているので、材料がなくなるということもない。

冒険者ギルドのギルドマスターがそのことを知って、「どれだけ入るんだ」と愕然《がくぜん》としていた。特に冒険者だと《時空魔法》の使い手に会ったことがそれなりにあるみたいで、余計に驚いていた。俺が《時空魔法》の使い手であることや、宿をそのまま持ち運べたりすることは知っていても、それでもやっぱりその収納量に驚いているようだ。

その様子を見て、「私のレオ、凄い」とネノがにこやかに笑っていて、俺を自慢するようにはに

かむネノは本当に可愛かった。俺の嫁は本当に可愛い。

ネノもメルも多くの人達にパーティーに参加してもらえて楽しいようだ。中にはただ騒ぎたいだけで此処に集まっている人もいるようだけれど、何だか小さな祭りみたいで、俺も楽しい。

「メル君がいなくなるなんて寂しい……。うちの子にならない？」

「ならないよ!!　酔ってるの？　酒くさいよ!!」

メルは昼間から酒を飲んでいる女性に絡まれていた。その後、そんな発言をしていた女性は友人らしい人達に引き取られていった。あとは子供達に寂しいとひっつかれたりして、メルはちょっとだけ困った表情をしていた。

俺やネノのもとにも沢山の人達が来た。

俺達がいなくなることが寂しくなるとか、美味しい料理が食べらなくなるのが残念だとか、そんな風に言いながら皆が別れを惜しんでくれる。

勇者として旅をしていたネノはともかく、俺は村を出て初めての長期滞在した街が此処で良かったと思う。この場所で宿を開店したからこそ得られたものや、得られた経験があったと思う。

ネノが勇者だからというのもあるけれど、この港街の人々とは随分仲良くなれて、絆《きずな》を結ぶことも出来た。もう一度訪れたいと、そう思える場所がこの街だ。

そう思えることが一種の奇跡で、素晴らしいことだと思える。

「レオ、また此処来よう」

「うん」

ネノも俺と同じように思っているのだろう。

俺は小さく笑うネノに向かって、頷きを返す。

そして、楽しい時間はあっという間に終わる。

昼前から開催された俺達のお別れパーティーは、終わりの時間を迎える。……終わりの時間というか、俺達が旅立つと決めた時間が来たというべきか。

俺達が去った後も街の人々はそのままどんちゃん騒ぎをする予定らしい。

こういうことにかこつけて、お酒を昼間から飲みまくろうとしている酒好き達も多くいるし、今日はこの街にとってそういう特別な日として認識されているらしい。

夜まで残ることも出来たが、俺達は予定通り旅立とうと決めていた時間に街を出ることにした。

その直前に店や家といった必要なものを《時空魔法》でしまうのを見て、周りはさらに盛り上がっていた。

「じゃあさようなら」

「ん。また来るから」

「バイバーイ!!」

俺、ネノ、メルがそれぞれお別れの言葉を口にする。

それに対し、「またね」「また来てね」「さようなら」「元気でな!!」などと多くの人々の声が返っ

てくるのだった。

そして俺とネノとメルは歩き出す。

「この街、楽しかった」

「ああ。楽しかったな。店も開店出来たし」

「楽しかった!!」

「でもきっと火山も楽しいぞ」

「うん。楽しみ」

「美味しいものあるかなー」

俺達は次の目的地へ思いを馳《は》せる。

——きっと、この先も可愛い嫁と共に楽しいことが待っているだろう。

それを思うと、俺は楽しみでならなかった。

幕間

— Interlude —

訪れた時にはもういない／勇者に選ばれた時のこと

「な、なんだと……もうネノフィラーとレオニードがいないだと？」

俺、テディ・アリデンベリはネノフィラーとレオニードに会いたいと、港街に顔を出した。王子としてやることが色々たまっているのだが、なんとか折り合いをつけてやってきた。

だというのに、ネノフィラーとレオニードはもうこの街にはいないのだという。

折角《せっかく》俺が会いに来たのに。もういないなんて……とショックを受けてしまう。

「はい。ネノフィラーさんとレオニードさんはもうこの街を去りました」

「急すぎないか？　友人である俺に何も言わずに行くなんて――」

俺は正直言ってかなりショックを受けていた。

だってネノフィラーもレオニードも、そしてメルセディスも俺の友人である。友人である俺に何も言わずに何処《どこ》かに行くなんて、会いに行けないではないか！

「テディ、そんな風に民に当たり散らすな」

「く、分かっているぞ。しかし、あの二人がもうこの街にいないんだぞ！」

「テディ、そんな風に焦る必要はない。ネノフィラー様とレオニードさんならば、すぐに見つかる

だろう。あの二人が噂《うわさ》にならないことなんてない」

そう俺に言うのは、ドゥラである。ドゥラがやれやれといった様子で呆《あき》れたようにこちらを見る。くそ、こいつは幼《おさな》馴染《なじみ》だからといって俺に容赦がない。そういう相手がいることは王族としては良いことだと分かっているが……。

ドゥラになだめられて、俺とドゥラはネノフィラーとレオニードの宿があった場所を見に行った。すっかり空き地である。何一つ残っていない。

「……これはあれか、レオニードの《時空魔法》で持っていったのか？」

「そうだろう。レオニードさんならば店も家も持っていくぐらい出来るだろう」

「本当になんと凄《すさ》まじい。何であんな男が……今まで表舞台に出てこなかったことが不思議だよな」

「それだけレオニードさんが目立つことに対して関心がなかったのだろう。それを言うならネノフィラー様もだろうが……。あの二人は周りの評価を気にしていない。どれだけ力があろうとも、そんなことはどうでもいいと言わんばかりに自分がやりたいようにやっている。ああいう柵《しがらみ》もなにもない生き方は憧れるな」

――ネノフィラーとレオニードにとって、勇者という肩書は何も関係がない。彼らには肩書なんてものは必要ないのだ。きっと、その肩書がなかったとしても、あの二人の関係性は何も変わらないのだろう。

俺は王子という肩書を持つ。それは生まれながらに持っていた肩書だ。そして王子として、肩書

を持たなければ俺の今の人生はないだろう。

第二王子であるということは、色々と民よりも恵まれた生活を送っていると言えるだろう。だけど、その分、第二王子としての責務があるのだ。

そういうことも含めたら、王子という地位を投げ出せたら楽そうだなと思うこともある。まぁ、俺は生まれてからずっと王子として生きてきたからそれ以外の生き方が出来るかどうかそれも分からない。

「きっとネノフィラー様も勇者に選ばれることがなかったら、こんな風にレオニードさんと同じようなタイミングで有名になったんだろうな」

「勇者としてではないネノフィラーか……。ネノフィラーは勇者の肩書がなくても変わらなそうだな」

「ボリス達もネノフィラー様達に会いたがっていたんだが……、あの二人は自由だから見つけたとしても長い間留《とど》まり続けることもなさそうだし」

「あいつらに引っ越しをしたら連絡をするように言っておけば、連絡を入れてくれるだろうか」

「頼めばレオニードさんはやってくれるんじゃないか？」

「……よし、次会った時には頼んでおこう」

レオニード達とこのまま会えないままというのは困る。今度遭遇した時は、連絡をしてくれるように頼んでおこう。

ボリスとジュデオンもネノフィラーとレオニードに会いたがっていた。

「……よし、ネノフィラーとレオニードが此処《ここ》にいないことは仕方がない。この街で思いっきり遊んで帰るぞ」

「テディ、折角来たのだから遊ぶではなく、もっと国のためになることをしよう」

「まったく、ドゥラは堅物だな？　少しぐらい気を抜いてもかまわんだろう。第一、俺達が遊ぶということはそれだけこの街にお金を落として、経済を回すということだ。別に問題はなかろう。それに民と触れ合うことは良いことだろう」

俺がそう言えば、ドゥラはやれやれといった様子を浮かべる。それでもドゥラは俺の言葉に頷《うなず》いてくれたので、しばらくこのあたりを楽しむことにするのだった。

――そして、早くネノフィラーやレオニードがいる場所が分かればいいなとそう思うのだった。

*

私はネノフィラー。

大好きな旦那さんがいる。幼い頃からずっと一緒に過ごしてきたレオだ。レオは、いつでもかっこいい。

私は十五歳になってしばらくして、レオと結婚した。今までずっと一緒に過ごしていたから、大して生活も変わったわけではないけれど、それでも結婚して、私がレオのお嫁さんだと名乗れることが嬉《うれ》しかった。

十六歳になったら、レオと一緒に生まれ育ったこの村から出て、旅をする。レオは私の旦那さんなんだと、皆に自慢する。考えただけでふふふと笑みを溢《こぼ》してしまいそうだ。

「……レオ」

眠っているレオを見る。寝顔のレオは可愛《かわい》い。好きな人の寝顔は、誰だって可愛いと思うだろう。レオの髪に手を伸ばして撫《な》でる。さらさらの髪、いつまでも触っていたい気持ちになる。

「ん……」

撫でていたらレオが目を覚ました。寝ぼけている。可愛い。

「ネノ、おはよう」

「おはよう」

朝から好きな人の寝顔を見て、好きな人と一緒に目を覚まして、好きな人とおはようと言い合える。私はとても幸せだ。

その日も私とレオはいつも通り過ごした。ドラ吉の所に行ったり、狩りをしたり、魔法の練習をしたり——そんな何気ない日々を過ごす。

そして私は待ちに待った十六歳を迎えた。レオと一緒に世界を見て回るんだ。レオが旦那さんな

んだって自慢するんだ。そんな思いに駆られて嬉しくなる。

なのに、その日、不思議な夢を見た。私はいつもレオやドラ吉や亡き両親の夢ぐらいしか見ないけど、そうでない時は夢も見ずにぐっすり眠るタイプなのに。不思議な女性の声が響いて、勇者とかよく分かんないことを言っていた。

この世界では時折、魔王という存在が発生する。その魔王を倒さなければ人々は大変なことになる。だけど、勇者とか魔王とか私にはどうでもよかった。ただレオと楽しく過ごせていればそれでいいと――。

なのに、私の体に不思議な痣《あざ》が現れていた。それに気づいたのはレオである。

「ネノ、これって」

「……なんか、変な痣」

なんだかこんな痣があるの、嫌だなと思った。

なんだろう、不思議な力を感じるし、何だか不愉快な気持ちになった。でも、こういう痣が出来ていたとしても、私には関係がない。

そう思っていた。

――だけど、それからしばらくして、国から騎士達がやってきた。私が勇者らしい。魔王を倒すための勇者であると。

そんなものどうでもよかった。勇者であるというので、騎士達は私にキラキラした目を向ける。

村人達は「ネノが勇者!?　でも納得だ」と受け入れていた。下手《へた》に周りの目が変わらないのは、楽だ。生まれ育った村の大人達は、昔から私とレオを見ているからあまり動揺しないと言っていた。

正直言って私もレオも普通に過ごしていたけれど、私達は結構普通とは異なるということは認識している。

「ネノが勇者かぁ」

レオももちろんだけど態度が変わるということはなく、ただ私が勇者に選ばれたことに驚きと困ったなという雰囲気を醸し出していた。

うん、私も困っている。

まさか、勇者に選ばれるなんて思っていなかった。私が勇者か……。正直言って望ましくないことだ。折角《せっかく》レオと一緒にこれから楽しい夫婦生活を送ろうとしていたのに、なんとも気分がそがれた。

でも魔王退治というのは、世界にとっては必要なことだ。魔王を倒すのに最良なのは、勇者が魔王を倒すことだ。

——魔王を倒さなければ、私とレオの穏やかな生活に影がさすかもしれない。何故《なぜ》私が——という気持ちも大きいけれど、それでも勇者は一人しかいない。だから……、やった方がいいだろう。

「……レオ、魔王退治行く。すぐに終わらせる。そしたら、レオと旅立つ」

すぐに魔王を倒そう。勇者としての責務をちゃんと終えれば、国も文句はないはずだ。私とレオ

ならば、国が相手でもどうにでもなるだろう。二人で人里離れた場所で過ごしてもいい。でも魔王退治を行った方がいいだろう。

「そうだな。勇者に選ばれたなら魔王退治はやった方がいいかもしれない」

「うん。その分、報酬も出るって、聞いた。だからさっさと終わらせる。終わらせて、レオとのお店の資金にする」

私とレオは世界中を回って、お店をやって楽しく過ごそうと思っている。——その資金にはなるだろう。それに魔王を倒した勇者というネームバリューがあったら、お店も軌道に乗せやすいかもしれない。

どちらにせよ、やった方がいいというのならば、未来のことを考えて前向きに魔王退治に向かおう。

魔王退治のメンバーは勇者以外はもう選出されているらしいし、仕方がないか。

でも、レオと少しの間だけでも離れるのは寂しい。

「レオ、私すぐに魔王倒す」

「ああ。じゃあ、俺はネノの帰りを待ちながら旅の資金集めをしておく」

「ん」

レオの笑みを見ると、私はほっとする。何だろう、レオが笑っていると幸せな気持ちになる。

それから旅立ちまでの間、レオといちゃいちゃして過ごした。レオ成分を沢山補給していたのだ。

――魔王退治、すぐに終わらせよう。私は勇者として王都に向かいながらそんな決意をするのだった。

MFブックス

勇者《ゆうしゃ》な嫁《よめ》と、村人《むらびと》な俺《おれ》。～俺《おれ》のことが好《す》きすぎる最強嫁《さいきょうよめ》と宿屋《やどや》を経営《けいえい》しながら気《き》ままに世界中《せかいじゅう》を旅《たび》する話《はなし》～ 1

2024年6月25日　初版第一刷発行

著者　池中織奈
発行者　山下直久
発行　株式会社KADOKAWA
〒102-8177　東京都千代田区富士見2-13-3
0570-002-301（ナビダイヤル）
印刷・製本　株式会社広済堂ネクスト
ISBN 978-4-04-683709-7 C0093

担当編集　小島譲
ブックデザイン　AFTERGLOW
デザインフォーマット　AFTERGLOW
イラスト　しあびす

本シリーズは「小説家になろう」(https://syosetu.com/) 初出の作品を加筆の上書籍化したものです。

この作品はフィクションです。実在の人物・団体・事件・地名・名称等とは一切関係ありません。

AUTHOR
MIYABI
ILLUSTRATOR
ニシカワエイト
ヴィーナスミッション
VENUS MISSION
~元殺し屋で傭兵の中年、
勇者の暗殺を依頼され
異世界転生!~
女神からの依頼は、
勇者32人の暗殺!?
——チート能力で暴走する勇者たちを抹殺せよ。
元殺し屋の男は、女神から「暴走する勇者32人の暗殺」を依頼され異世界に転生する。前世の戦闘技術や魔法を駆使し、暴走する勇者達を殺害していくが、同時に召喚に関する陰謀や女神の思惑にも巻き込まれてしまう——。

召喚スキルを継承したので、極めてみようと思います!
~モフモフ魔法生物と異世界ライフを満喫中~
えながゆうき
イラスト：nyanya
謎だらけなスキルで召喚されたのは――
個性豊かすぎる“魔法生物”!?
自由気ままに異世界でモフモフライフを楽しみます!
カクヨム発
STORY
モフモフ好きな青年は、気づくとエラドリア王国の第三王子・ルーファスに転生していた。継承した“召喚スキル”を広めるため、様々な魔法生物たちを召喚しながら、ルーファスの異世界モフモフライフが始まる!
MFブックス新シリーズ発売中!!

家臣に恵まれた
＼転生貴族の／
幸せな
日常
KASHIN NI
MEGUMARETA
TENSEIKIZOKU NO
SHIAWASE NA
NICHIJOU
企業戦士
イラスト：とよた瑣織
異世界転生した先は、二つ名が『魔人』の武闘派貴族！
領民は0。領地はほとんど魔獣の巣。
だけど家臣の忠誠心は青天井！
彼は優秀な家臣達と、時に力を合わせ、時に力技で
困難を乗り越え、幸せな日常を送る！
※頭を空っぽにして
読むことを推奨しております。
第8回 カクヨム Web小説コンテスト
異世界ファンタジー部門
特別賞 受賞作！
MFブックス
MFブックス新シリーズ発売中!!

勇者じゃなかった回復魔法使い
暗殺者《アサシン》もドン引きの蘇生呪文活用法
はらくろ
illust. 蓮深ふみ
お人好し回復魔法使いの、
自由でのんびりな
異世界交流記。
STORY
『勇者召喚』で異世界に呼び出されたものの、勇者ではなかったタツマ。彼は駄目属性と笑われた回復魔法で生活を確立し、困っている人のために立ち回る。「報酬はね、串焼き5本分。銅貨10枚でどうかな?」
MFブックス新シリーズ発売中!!